古物飛揚

故宮嬉遊記

李郁棻——著
許育榮——圖

名家推薦

許建崑（東海大學中文系兼任教授）：

西周散氏盤在運送中失蹤了。故宮博物院艾院長前來拜訪爺爺，希望借用孫子古飛揚的才能協助破案。古飛揚貼上紋身貼紙，有了與故宮古物對話的能力。他用多寶格帶著一些友伴，南下台中國美館、嘉義南故宮，一路找尋。

以魔幻現實手法，讓故事中的主角穿越時光歷史，重晤古代器物，又在台灣現時現地中冒險遊歷，也碰觸了家庭解構與重組的難題，具有現代童話的滋味。

黃秋芳（作家）：

繼故宮3D動畫影片《國寶總動員》獲得從二〇〇二年世界規模最大的動畫主題展覽會延續下來的東京國際動畫影展首獎肯定後，這些飛揚的古物，在自信和淘氣、天真和滄桑、瞬間和永恆間自由穿梭，寫實的刺青，魔幻的變化，牽引出生動的文物解說、充滿象徵意味的追尋旅程，以及讓人覺得親切又尊榮的台灣印記，宛如一部加長版《國寶總動員》紙上電影，對照這些年在華文網路IP裡不斷衍生竄長的古墓文物小說，少了點政策的捆綁和物化的「價格」，多了些自由隨興，以及一種無有求的深遠「價值」。

鄭淑華（國語日報總編輯）：

鎮守故宮博物院的國寶散氏盤「離院出走」！家族歷代守護古青銅器的少年，意外承接了家族相傳的祕密任務，與想找回出逃同伴的古青銅器物，展開了精采的大冒險。

題材新鮮有趣，情節幽默生動，熱鬧故事背後傳遞著理解與接納的重要。透過與古器物的對話，讓少年學習換位思考，得以進入千年古物的生命中，發現它們的喜怒哀樂，同理它們的寂寞與哀愁。冒險探尋過程，也是自我追尋的過程，少年祖孫三代也因為這段經歷的體悟，找到情感釋放的出口，解開了心結糾葛，化解彼此的疏離。

目錄

快訊：重大國安危機
西周文物散氏盤
離奇失蹤
17:24 昨日預計運送至故宮南院

1

古老頭

「現在為您插播一則新聞快報：昨日預定從故宮北院遷移至南院的珍藏國寶，竟然發生意外，重要的西周文物散氏盤於運送途中離奇消失……」

古飛揚悶悶不樂的盯著電視，新聞主播驚恐至極的表情在螢幕上扭曲得有些好笑，什麼故宮珍藏品，這些古董還有人看嗎？只不過是一個盤子不見了，哪值得這麼大驚小怪！

要是以往，他看到這則新聞一定迅速轉台看動畫，可是現在他只敢望著離

自己不到一公尺遠的遙控器，無奈癟了癟嘴。

都是爺爺！這真是一個糟糕透頂的寒假！

新聞不斷播報著相關訊息，電視台請來名嘴和專家來分析丟失的這件文物有多重要，故宮博物院裡珍藏的東西多有價值……。古飛揚聽得索然無味，沒有動畫可看，那些煩躁的事情就浮現心頭，例如：

他是單親家庭的孩子，更慘的是爸爸「西漂」去太平洋的另一端工作，把他寄放在爺爺家。

古飛揚小時候很喜歡爺爺，家裡珍藏的相冊中，有許多張是爺爺牽著還沒上幼稚園的他，去公園、去遊樂場、去所有充滿歡笑的地方。但現在他看著爺爺站在電視機前的背影，只覺得像一座沉默的湖，把石頭丟進去也發不出聲音——雖然他從未嘗試過。

關於故宮的新聞爺爺已經看了快兩個小時，如果換成他看這麼久的電視，爺爺早就板起面孔，斥責他趕快去寫功課。他趕完寒假功課後也不能放鬆，爺爺竟規定他每天要練書法半小時、讀書一小時。

這個年代誰還會拿毛筆寫字？早就換成用手指在液晶螢幕上滑來滑去了，爺爺連手機也不會用，對外連絡靠的就是客廳裡的電話，回來這裡根本像回到遠古時代。

最可怕的還是爺爺的書房，陽光只能從狹窄的長方形天窗落入書桌上，巨大無比的實木落地櫃成L字型倚牆而立，櫃子上擺滿一堆黑漆漆的物品。一踏進書房，彷彿看見一隻隻怪獸從漆黑物品中冒了出來，伸出長長的爪子，對他發出各種恐嚇。

哐一聲，什麼東西掉了——

爺爺皺起眉頭，嫌惡的看著他。「飛揚，你不要進來書房。」

事情過了這麼久，他的腦海裡卻仍刻印著爺爺當時的神情，那眼光銳利得像穿透木板的釘子，任憑時間消逝，釘子留下的傷口仍舊存在。

古飛揚垂下眼睛，用大拇指揉著鬱悶的胸口。

「唉！」

這聲嘆息聲卻不是他發出的，古飛揚的目光追尋到嘆息聲的主人，爺爺已經緩緩走回書房。

鄰居都尊稱他的爺爺叫古先生，可是有的會背地裡稱呼「古老頭」，因為爺爺特別的頑固又不近人情。

聽說爺爺以前曾是保家衛國的將軍，可是他從沒看過爺爺家裡有任何一枚勳章或獎牌，只有日常習慣朝軍旅生活看齊。例如規定他每天完成定量的作業，又或者吃飯時手肘不能靠著桌面，種種規定細得簡直是吹毛求疵，古飛揚覺得這幾個禮拜住下來，他已經可以去當業餘軍人了。

爺爺的眉毛英挺，像兩把倒插的劍，配上像刀削成充滿稜角的鼻子和脣形，不笑的時候看起來非常嚇人。以前曾有推銷員上門來推銷產品，爺爺沒有開口只是瞪著眼睛，對方就摸摸鼻子灰溜溜的走了。

爺爺不喜歡有的鄰居長期把車停在紅線上，使得巷口的通道變窄，曾經因此和鄰居吵了起來，甚至鬧到差點上警察局。垃圾亂丟的問題也是，明明和他們家沒有關係，但爺爺總會去檢舉亂丟垃圾的人，所以「古老頭」這個代表老頑固的名號不脛而走。

他很討厭鄰居們這樣稱呼爺爺，可是他們說的也都是事實。爺爺真的很固執，沒照他的話去做他會生氣，而且也不喜歡和人溝通，就連自己偶爾也受不了爺爺。

望著爺爺蹣跚消失在轉角的身影，過了一會兒，他低低歡呼一聲。雖然動畫已快播完，但現在還是來得及轉開電視，聽一下片尾曲也可以滿足他受傷的心靈。

「如履薄冰這種危險的事也想嘗試一下，我很希望連用記憶描述的夢想也有個形狀……」

古飛揚跟著哼起歌曲。還是動畫好看，不論多麼嚴峻的挑戰，主角總是可以打敗反派、克服所有困難，將光芒集於一身。如果自己也能夠如此，那該有多好？

2 陌生的訪客

看得入迷時，一陣門鈴聲又打斷了好不容易得來的動畫時間。古飛揚不情願的起身，從視訊門鈴對講機中卻看到一張陌生的臉孔。

「請問你找誰？」

「請問這裡是古公館嗎？我找古文梧先生。」

「請等一下。」古飛揚回頭，大聲呼喊：「爺爺，有人找你！」

按下解鎖鍵，古飛揚打開門，見到一位和爺爺差不多年紀的老先生，那模樣有些眼熟。老先生滿頭白髮一絲不苟的往後梳理，雙手戴著金絲手套，左手拄著一根木質雕花手杖，明明這麼西式的打扮，偏偏穿著一襲藏青色唐裝，不知道該屬於哪種風格。

老先生和藹的向他點頭，這麼親切的模樣真是和爺爺大不相同。

古飛揚不自在的紅了紅臉退到一旁，而從書房出來的爺爺一見到來人，流露出詫異的神情。「院長您怎麼來了？」

「唉，我能不來嗎？」

古飛揚想，真不愧是爺爺的朋友，爺爺剛才也是這樣嘆了口氣

呢。

爺爺領著客人到書房，古飛揚跟著到門外時仍不免愣了一愣。門上金色的浮雕圖騰還在，一道直線分隔左右，兩側各有一個突起的圓點，整體圖案看上去就像一隻長著犄角、面貌凶惡的怪獸，那圓點就是兩顆愛瞪人的大眼睛。

古飛揚停下了腳步，他對這間書房還是有著心理障礙，尤其門上的圖案⋯⋯。正打算離去時，一陣對話卻從未關緊的房門流瀉出：

「我年紀已大，恐怕接受不了院長您的拜託。」

「文梧，這件事非同小可，新聞已鬧得這麼大，難道你要袖手旁觀？」

「我的體力不行了⋯⋯前幾天出門時還在公車站附近跌倒，坐在地上好久，才遇到好心的年輕人扶我起來。」

爺爺跌倒了，他怎麼都不知道？對了，星期五時爺爺很晚才回家，也沒有幫他買便當，給他一百元後就回到房間去，他出門買晚餐時還踹了牆壁一腳，氣惱爺爺一點也不關心他。那時他怎麼就沒注意到，爺爺走起路來已經一跛一跛的？也沒關心爺爺那天是否已吃過晚餐。

「唉，如果連你也不行的話，事情要怎麼辦？」

「故宮裡頭還有許多專業的工作人員，院長您應該讓他們來做這件事。」或許是前幾天的傷還沒好，古爺爺忍不住咳了兩聲。

正在外頭懊惱的古飛揚聽見後，趕緊去廚房倒了兩杯水，來到書房前敲門。「爺爺，我幫你端水來了。」

「好，進來——」

踏進書房裡，古飛揚還是有些不適應，那一個個漆黑的龐然大物沒有隨著歲月降低陰森的感覺，這些造型既像水壺又像鍋子的物品，上頭有各種和房門圖騰相似的刻紋。古飛揚微微瞄了櫃子的右上角一眼，又心虛的移開眼。

把水端給客人時，古飛揚留意到對方進來家裡許久，仍未脫掉手套，而且仔細看有些奇怪——客人端起茶杯的右手無名指和小指的手套部分是垂下的？

「我這兩根指頭是早年因為一些事情而失去，現在我已經習慣用八根指頭做任何事。」注意到古飛揚的目光，客人放下茶杯後揮了揮自己的右手。「後來朋友們還幫我取了個綽號，叫『八指麒麟』，聽起來也不錯。」

這位老先生聽起來有很多故事，哪像自己的生活總是平淡無奇？一瞬間古飛揚腦中浮出許多想像，或許眼前的老先生年輕時是名俠客，在與人決鬥時失去了兩根手指；又或者老先生曾經是個不良少年，斷了兩根手指頭後幡然悔悟……

爺爺的聲音卻打斷他的腦內小劇場。「飛揚，沒事的話就出去寫功課。」

古飛揚不甘願的哦了一聲，正準備走出去時，客人卻忽然想起什麼似的，驚呼一聲：「他是你的孫子！你的孫子……說不定可以完成這件事！」

雖然不曉得對方在說什麼，但似乎是件自己可以辦到的事？古飛揚感到自己體內的冒險因子蠢蠢欲動，他興奮的望向爺爺，見到的卻是爺爺皺起眉頭。「你說飛揚嗎？他不知道這些。」

「他不懂，你的老朋友們會教他啊！」

爺爺閉緊雙脣沉默不語，古飛揚臉上的光采也一點一滴黯淡下來。

「文梧，有些事情要放給年輕人做了。不要害怕他受傷，也不要擔心他只是個孩子，你忘了小鷹要學會飛，老鷹得把小鷹丟下懸崖嗎？」這陣聲音緩緩撫平爺爺皺緊的眉頭。「況且現在國泰民安，那東西也只是調皮不會鬧出大事，你孫子要完成的任務比我們那時簡單多了。」

可是爺爺終究是爺爺，脾氣硬得和石頭一樣，無論如何也不肯鬆口。「就算你這麼說，我還是不贊同。」

「這麼久了，你還在意那件事情嗎？」

書房裡的氣氛頓時變得壓抑，「那件事情」就像一顆炸彈，但投進爺爺這座深不見底的湖裡，也無法引起波紋。爺爺如同石像般靜坐不發一語，老先生侷促的摸摸手杖。

「唉，既然你不願意，我只好先告辭了。」老先生失望的起身，留下爺爺仍坐在椅子上，古飛揚趕緊幫忙送客人出門。

要離開前，老先生點頭向他致意。「小朋友真謝謝你，你叫什麼名字？」

「我叫古飛揚。」

「如果改天你的爺爺願意改變想法，或者你能夠說服你的爺爺，記得來找我。」老先生從懷中掏出一張名片，交給古飛揚。「很高興認識你，我叫艾四。」

古飛揚什麼也沒有聽進去，只是雙眼瞪大望著手中的名片。他終於知道為什麼這位老先生看起來這麼眼熟了，他才剛在電視上看過！這張燙金名片中清楚標出所屬主人的頭銜——「**故宮博物院院長　艾四**」。

3 神祕家族

故宮博物院院長、失蹤的散氏盤、爺爺……

這幾個詞在古飛揚腦中不斷糾纏，成了一個大大的問號。他從來不曉得整天待在書房的爺爺會認識這麼厲害的人，而且他們看起來是相識已久的老朋友，可是現在這非常時期故宮院長不是應該忙著搜尋散氏盤的下落嗎？怎麼會來找爺爺聊天？

想到這裡，古飛揚腦中蹦出一個驚嘆號！對了，艾院長是為了想平息新聞報導才來的，那就代表爺爺一定有辦法找回散氏盤！

剛才艾院長還提到，他是爺爺的孫子，說不定也可以做到。許多漫畫和動畫不也是這樣演的？如果爺爺是位名偵探，孫子就會繼承爺爺的推理頭腦也成為一位名偵探；如果爺爺有特殊能力，孫子也不會是一般人；想到這裡，古飛揚的心臟一怦一怦跳得更快了。

吃完飯後，他跑去廚房找正在洗碗的爺爺，小心翼翼的探問：

「爺爺，我們家是不是藏著什麼祕密？」

爺爺刷著碗的手未曾停歇，連看都沒看他一眼。「你問這個做什麼？」

「今天來家裡的客人，我在電視上看過他，他是故宮博物院的院長！他想拜託你的事，應該不是普通的事吧？」想到這裡，古飛揚把自己的推論說了出來。「我們家族是不是很特別？例如有什麼代代相傳的使命，或者不為人知的能力，還是藏有什麼傳家之寶？」

爺爺忽然停下洗碗的動作，古飛揚嚇了一跳。爺爺眉毛高高隆起，怎麼看都是生氣的樣子。「如果有這些事，你早就嚇得逃離這個家了。」

「才不會，我最想做的就是超級英雄！」

爺爺根本一點都不懂他，否則怎麼會說出這種打擊人的話？就連院長都說自己有辦法做到，爺爺竟然會認為他是個膽小鬼，還會嚇得逃跑。古飛揚雙手抱胸，將頭抬成一個傲氣的弧度。「明明是爺爺你被曾經發生的『那件事情』嚇破膽吧？把這種經驗套在我身上，有完沒完啊？」

「你再說一次——」低沉又帶著威嚴的聲音如海嘯般襲來，將驕傲的少年震得往後踉蹌幾步。完了，爺爺生氣了，聽到這陣低吼他就知道自己糟糕了。

「現在我們學校都提倡『愛的教育』，你不能夠打我。」用手指著爺爺，古飛揚邊說邊往門外後退，摸到門框時一個轉身，快速的逃回自己房間。

他可不想這麼大了，還像小時候一樣被爺爺打屁股！

爺爺家真的一點都不好玩，爸爸什麼時候才接他回去？

打開手機，螢幕上沒有任何一通未接來電，媽媽前天打過電話，今天應該換爸爸打電話了。可是爸爸常常忘記，難道工作真的忙到連一通電話也沒時間打嗎？

還在抱怨著，手機螢幕忽然亮了起來，斗大的「爸爸」兩字在螢幕上無比顯眼，古飛揚開心的摁下通話鍵。「喂，爸爸你什麼時候接我回去？」

電話那端的人卻不像他這麼高興。「飛揚對不起，工作出了一點問題，我必須晚幾天才能回去接你。你好好待在爺爺家，要聽爺爺的話。」

古飛揚握著手機不發一語，這是第幾次了？之前好幾次接他回台中時也是這樣，明明早上就從台中出發，卻拖到傍晚才抵達。大人總是說話不算話，都要小孩子體諒他們，那誰來體諒小孩子？

「喂？飛揚你怎麼不說話？」

說了有什麼用嗎？古飛揚心裡暗暗的想。「好，我知道了，那你什麼時候回來？」

記下爸爸所說的日期，掛斷電話後古飛揚將電話號碼拉入了手機黑名單內。在爸爸回來之前他都不想再和爸爸通話，反正這期間爸爸也不會打電話來。

咚！咚！咚！才早上七點，爺爺又在敲門。古飛揚在床上翻來覆去，最後乾脆拿枕頭摀住雙耳。

其他同學放假時都是睡到自然醒，他為什麼不能夠過這種生活？但敲門聲越來越大，古飛揚幾乎是用吼的，大喊：「我起床了，不要再敲了！」

刷牙、洗臉、練書法、讀書……每天的行程表長得一模一樣，別的同學臉書上都是到各個景點的旅遊照片，還有人問他有沒有去哪裡玩？哼，難道要他放爺爺家書房的恐怖照片嗎？

坐在沙發上吃早餐的古飛揚，邊吃邊想著自己的悲慘生活，幸好電視新聞正在播送國外山羊跑進便利商店大鬧的畫面，他被逗得哈哈大笑，下一秒畫面卻被截斷，一道身影擋在了電視機前。

爺爺拿起遙控器，又在看文物失竊的新聞，過了幾天新聞台的報導熱度早已降溫，但這台沒有播報，爺爺接著轉到下一台。這下可好了，他連早餐看電視的自由時間都沒有了。

他賭氣的說：「我吃飽了。」

「吃飽了就去練習書法。」爺爺根本沒有聽出他的怒氣。

古飛揚放下筷子往房間裡走，他簡直一秒都無法再待下去了。回到房間坐到桌子前，他重新取出那張名片。

「**故宮博物院院長　艾四**」

故宮博物院，對於古飛揚來說，這是個只存在於課本的名詞。以前老師曾口沫橫飛的介紹故宮有多麼令人驚嘆，底下的同學不是在發呆，不然就是假裝認真聽課。如果做個匿名問卷調查，一百個學生裡絕對有一百人不想去參觀故宮，大家想去的地方只有遊樂園。故宮對於古飛揚來說就是「死氣沉沉」的代名詞——裡面不是都擺著死去的人用過的東西？

但是現在，故宮肯定是個比爺爺家還好玩的地方，而且他也很好奇自己究竟有什麼特殊能力，如果他能順利解決事件，就能在爺爺面前出一口氣，告訴爺爺：「你看，我解決了你做不到的事！」

打定主意後，古飛揚將零用錢、水壺、證件等必備物品先裝進運動側背包，再走到客廳，裝模作樣接起手機：「喂？強哥你下午要找我出去打球？我問一下我爺爺。」

爺爺聽見了他的問話，點頭答應。

哈，他早就想好了。早上先做個乖孫子，把爺爺規定的功課做好，下午直接搭公車前往故宮博物院，再讓艾院長打電話和爺爺溝通，這叫「先斬後奏」，爺爺不答應也不行。

眼睛不停盯著下午的時鐘。

當古飛揚背著側背包走出爺爺家的那一刻，他真想跳起來大喊「計畫成功」！熾熱的陽光也像奏起了〈馬賽進行曲〉，現在他前進的每一步路，都像動畫中的主角踏上未知旅程，他這艘小船即將航向偉大的航道。

4 初訪故宮

轉了許多趟公車，直到站在故宮正門口，古飛揚頓時一陣懵然，故宮博物院竟然這麼大！從底下向上望，只看見一座高聳的牌樓，光是要通過「天下為公」牌樓，就要走數十階的階梯，走完階梯後還有一段綿長的通道，通道盡頭分成左右兩側階梯繞牆而上，要再爬上這段階梯，才到達故宮本館。故宮本館簡直就是古代皇帝的化身，來參觀的訪客皆成為匍伏在它腳下的臣民，得懷著敬畏之心來觀摩朝聖才行。

一路上到處有忙著拍照或自拍的遊客，日文、英文、韓文……從古飛揚耳際飄過，甚至還聽到中國導遊大聲吆喝著：「等下大家跟好，我們坐飛機坐這麼久就是為了到這裡，可能這輩子只能來看這麼一次！」原來這麼多人是為了故宮專程前來的嗎？身為這塊土地上的居民，他卻連一次也沒踏進故宮博物院，實在令人汗顏。

花了快二十分鐘，古飛揚才走上仰之彌高的故宮本館，一進門只望見長長的人龍，不管到哪裡都是黑鴉鴉一片人海，幸好館內隨處可見服務志工，他趕緊向志工求助。

「你要找我們院長？」眼前的志工懷疑的看著他。「這樣好了，你有什麼事先和我說，我再幫你轉達。」

「是院長叫我來找他的，你只要告訴他我是古飛揚，他就知道了。」古飛揚懇切的說著，卻看到志工對他搖頭。

從志工問到服務台，服務台人員聽完他的說詞，勉為其難幫他撥電話，誰知道打給院長的電話需要層層轉接，古飛揚急得在一旁踱步，這些人該不會把他當成騙子吧？

「你到了？真是太好了。」

等了快半小時，看見從館場內走出來的身影，古飛揚興奮的大喊：「艾爺爺！」

「現在時間還沒到，我們到外頭去坐坐吧。」艾四依舊穿著那一身唐裝，拄著手杖健步如飛的往外走，古飛揚連忙跟上。

出了故宮本館，艾四領著古飛揚前往一旁的公園。古飛揚原本以為這座公園沒什麼特別，進去後才發現公園內別有洞天，所有景致像是在宮廷劇裡才會出現的場景。

「這座公園也是故宮的一部分，叫作至善園。這裡仿照江南傳統庭園景色布置，山水互映、小橋流水，徜徉於此，就像在讀一首最宜人的詩。」艾院長指著前方不遠的亭子，解說道：「那座亭子被命名為蘭亭，流經此處的小溪叫作流觴曲水，這些造景都是取自書聖王羲之的故事，為此我們還特地養了鵝。」

「養鵝？」

「傳說王羲之十分喜愛鵝，因此時常觀察鵝走路搖搖晃晃的樣子，才寫出靈活生動的書法。有一次王羲之看到某個道士養的一群白鵝姿態健美，於是出高價想購買。沒想到道士不肯出售，王羲之不斷苦苦哀求，道士向王羲之說：『只要你肯幫我抄一幅〈黃庭經〉，我便將白鵝送給你。』王羲之一聽二話不說，開始奮筆疾書，花了半天的時間終於寫完。道士一拿到王羲之的墨寶，高興得手舞足蹈，而王羲之則得了一群可愛的白鵝。」

艾四津津有味的說著，但古飛揚只覺得古人的思想真是難以理解。看著園中搖著屁股的鵝，怎麼樣也想不到書法筆畫，他想的是這麼多鵝在這裡，難道不會有人把這群鵝抓住煮來吃？他想，他大概就是焚琴煮「鵝」的這一類人了。

但是大自然似乎有種魔力，就算古飛揚自認為自己是個只對動漫有興趣的「宅男」，坐在蘭亭裡享受微風徐徐，似乎所有的煩躁都被陣陣清風帶走，竟能感到前所未有的平靜。好久沒這樣接觸大自然，身心也獲得了放鬆。

來逛至善園的人不多，一老一少坐著悠閒聊天。「飛揚，你對歷史有興趣嗎？」

「艾爺爺，老實說我的歷史科目分數不高，我覺得歷史課有點無聊。」

「這是當然的。」艾爺爺並沒有否定他的看法。「如果歷史是死的，著實很無聊。歷史是因人的感情而存在，人將自己的感情融入歷史中，歷史才會是活的。」

「這聽起來怎麼有點玄？」

艾院長大笑兩聲，撫著自己的手杖。「別擔心，你會領悟到的。」

艾爺爺對他還真有信心，不過能夠得到他人肯定也是件好事。正當古飛揚自信的這般想著時，艾爺爺的下句話卻打破了他安逸的內心：

「對了，你爺爺怎麼會忽然轉變心意，同意你來找我？」

古飛揚聽見自己的心跳咚咚加快。「這個……爺爺覺得人不該一直活在過去，他想要從曾經發生的事裡走出來。」

「文梧能這樣想真是太好了。」艾院長徐徐吐出一口氣。

「我爺爺過去到底發生了什麼事情？」

聽著古飛揚的問題，艾院長卻沒有馬上回答。「如果你爺爺沒告訴你，我想我也不方便和你說，相信總有一天文梧會告訴你的。」

「好了，我們可以進去了。」

不知不覺天色已暗了下來，艾四這時候才起身，跟隨在後的古飛揚心裡雖然有陣陣疑惑，但還是決定等下再開口詢問。

回到故宮本館前，雖然燈光還亮著，但現在屬於閉館時間，館門早已封閉。艾四帶著他走向故宮側面隱密處，用感應卡刷開鐵門。

夜間的故宮呈現在古飛揚眼前，和白日的喧譁不同，這名暗夜中的帝王顯得莊重威嚴，還可以感受到它散發出的涼颼颼的寒氣。

發覺古飛揚不斷摩挲雙臂，艾四開口解釋：「為了保護這些文物，故宮博物院內終年恆溫恆溼，溫度維持在二十度上下，加上現在沒有遊客，應該會覺得更冷。」

整座博物院內悄然無聲，只有艾院長的枴杖叩擊地面的聲音。

「你逛過故宮嗎？」

「……沒來過。」

走在這座雄偉建築的肚腹中，艾四緩緩訴說起它的歷史。「我們故宮博物院收藏全世界最多的中華藝術寶藏，收藏品的年代幾乎涵蓋了五千年的中國歷史。故宮博物院與法國羅浮宮、英國大英博物館、美國大都會博物館、俄羅斯隱士館並稱為全世界五大博物館，每年吸引海內外無數遊客前來參觀。

「故宮內累積了將近七十萬件從新石器時代到清末的文物，多數是古代中國皇室的收藏品，大致上分為器物、書畫、圖書文獻三個部分。但由於博物院內的珍藏品實在太多，於是政府在故宮後方挖出個山洞保存這些文物，不定期依專題展覽輪流展出它們，只是七十萬件文物輪流排隊展覽，許多文物可能十年也展出不了一次。」

沒想到故宮是這麼厲害的地方，幾十萬件文物，會不會花一輩子的時間還看不完？而且這些文物竟然是古代帝王看過摸過的，那麼自己現在是享有皇帝的待遇了？想到此古飛揚挺起胸膛，看來暫時來故宮當幾個小時的皇帝也不錯呢！

「你現在所在地是故宮第一展覽區的一樓，總共有五個大廳，分別展覽不同的器物。我先去一〇六展區拿個東西再一起上樓。」古飛揚隨著艾院長左彎右拐，踏進一處名為「集瓊藻」的展區，四周燈光昏暗，眼睛還來不及適應，就聽到艾院長說一聲好了。

接著他們來到二樓，才踏上二樓地面，只見一幅巨大山水圖幾乎占滿古飛揚的視線，他從沒看過這麼磅礴的山水畫！山林之間雲霧飄渺，令人恍若身在仙境，而畫面正中央瀑布傾瀉而下，像落入凡間的銀河，沐浴在明麗的陽光之中，他似乎成了行走在其間的遊客，一下子為山勢的陡峭而戰慄，又忍不住探頭欣賞如夢幻般的美景。

艾四也露出滿意的神情。「這是一代大師張大千的〈廬山圖〉，如果西方當代的藝術巨匠是畢卡索，那麼東方的代表畫匠就是張大千。張大千先生和我們故宮頗有淵源，今年是大千先生一百二十歲冥誕，故宮特地為他籌辦了紀念展，這幅〈廬山圖〉是他晚年最重要的代表作，它的高度和一個籃球員一樣高、寬度約十公尺，這樣看來很壯觀吧？」

古飛揚正要上前再看仔細，卻發現畫中有個穿著學生服的女孩子，怎麼會有現代人出現在山水畫中？他再揉了揉眼，竟看見這個女孩子轉頭過來，對他微微點頭示意！

古飛揚嚇得往後退，差點踩空跌下樓梯，幸好被艾院長拉住。

「別怕，她和你一樣。可惜現在時間有點趕，以後再介紹你們認識。」

登上三樓時，艾院長出聲提醒：「有空來故宮，記得看一下你右手邊的三〇二展間，那裡展出的是翠玉白菜和東坡肉，可不要把祂們叫成酸菜和白肉，嘲笑祂們是火鍋的話，翠玉白菜可會生氣的。」

「它們聽得懂嗎？」

艾院長露出一抹神祕的微笑。「居時你就知道了。」

5 銅器特設展

最後，艾院長停在一處展區前。「到了，就是這裡。」

「銅器特設展？」古飛揚看了看展間名稱，忍不住開口。「艾爺爺，我們今天到底來這裡做什麼的？」

「你爺爺沒和你說嗎？」

「沒有，爺爺叫我有疑問的話就問你。」

「文梧真會給我找麻煩。」艾四露出慈祥的笑容。「聽好了飛揚，古氏一族從古至今，一直是青銅器的守護者，古家的使命就是維護這些青銅器的安全，以及不讓祂們到處搗亂。」

古飛揚聽得一愣一愣的。「青銅器？」

「文梧沒告訴過你？」艾四顯得有些驚訝，卻還是從頭說起。

「青銅器是古代人不可或缺的用具，遠在四千年前，青銅器就存在了；商周時代，作為『禮器』的青銅器大量出現。禮器是指用來祭祀

的器具，古代人相信鬼神世界的祖先神明時時刻刻在操縱他們的禍福安危，因此他們不斷對天地祈求，製作出各式各樣的青銅器皿用以獻祭，這些禮器上也會刻鑄瑰麗的紋飾或者刻字，內容大多記載當時的重要事件。遠古時期的簡策書帛經不起歲月的侵蝕而化為灰燼，惟獨銅器銘文，歷久彌新，成為歷史的見證。

「等下要和你見面的，就是這些青銅器。這些青銅器隨著先人埋藏於墓中，後來才陸續出土，吸收了天地精華早已成精，但當初祂們可沒像現在這麼乖，是經過一代又一代的鎮守，加上文物南遷來台後，先總統選了陽明山作為故宮現址。陽明山是台灣的龍脈，故宮正位在龍口吐珠處，真龍之氣鎮壓住這些文物，讓祂們不敢作亂，所以以前守護文物的家族就不用長期駐守在此了。」

說到這些文物，艾四就想起自己白去大半的頭髮，大多是為了祂們傷腦筋所致。「本來我以為這些文物經過了龍氣薰陶，不再有暴戾之氣，便同意政府這次將部分物件移至嘉義南院的計畫，沒想到西周散氏盤竟然趁機逃離，所以我想讓你把祂帶回故宮。」

聽完艾四說明，古飛揚腦袋一片混亂。「我？帶回文物？真的要我去找回散氏盤？」

「當然，我會請一些老朋友幫助你，讓你在這趟旅程中不孤單。」

艾四將手杖靠牆，掏著自己寬大的衣袖。「你知道你爺爺書房房門上的圖案是什麼嗎？」

古飛揚努力回憶起爺爺書房上的圖騰，想來想去卻還是只有一個詞語。「怪獸？」

「那是獸面紋，也是古家的家徽。傳說中獸面紋是由各種動物的凶猛形象組合而成，古人把這隻動物命名為『饕餮』，所以獸面紋也稱為『饕餮紋』。一般人看到饕餮會嚇得逃跑，但饕餮是青銅器的守護神，自古以來祭祀饕餮的古家人便代替饕餮守護這些青銅器，所以你們古家是淵遠流長的青銅器守護家族。」艾四解釋著古氏一族神祕的背景。「不只是書房房門，你應該還在其他地方看過『饕餮紋』吧？」

聽完艾四的話，古飛揚心中閃過一幅畫面：「艾爺爺您該不會要我把獸面紋紋在身上吧？」

「我聽你爺爺說過，當初他和兒子曾經為了紋身這件事吵架……現代年輕人認為紋身是學壞的象徵，已經脫離紋身本來的意涵，忽視它原本代表榮耀的一面。」艾四掏出了一樣物品。「來，你把手伸出來。」

冰涼涼的一張紙蓋在手心上，古飛揚接過後瞪大眼睛。「紋身貼紙?!」

「是啊，現代人不能接受紋身，幸好這個時代發明了紋身貼紙。有了這個，我們就可以進去找老朋友們，等下不管聽到什麼聲音可不要嚇到。」

紋身貼紙必須沾水才能使用，古飛揚走至廁所內沾溼貼紙，決定貼在右手手臂上。手掌壓住貼紙十秒鐘，將手放開後，面目凶猛的饕餮便成了他身上的一部分。

看著這隻怪獸，古飛揚也慢慢沉浸至回憶中。

還沒上幼稚園前，他最喜歡的是爺爺，珍藏的相簿裡有許多張爺爺牽著他到處玩的合照。爺爺會煮好吃的飯菜、念故事書給他聽，還會幫他洗澡。

在浴缸裡，他和爺爺玩著潑水大戰，個頭小小的他指著爺爺的手臂問：「爺爺，這是什麼？」

「這是一隻大怪獸。」

「為什麼這隻怪獸會在爺爺手臂上？」

「因為祂是隻善良的怪獸，為了保護祂的寶貝，才要露出凶惡的樣子。這隻怪獸常常被人誤會欺負其他動物，連祂想保護的寶貝也有些怕祂，怪獸覺得很沮喪。可是爺爺知道怪獸只是長得比較凶，於是爺爺前去找怪獸，並和祂說：『我覺得我們倆個挺像的，不如我們一起生活，共同保護我們所喜歡的東西吧？』」

「爺爺才不凶！和怪獸一點都不像！」小小古飛揚抗議了。

「那是因為爺爺和怪獸，都有一顆溫暖的心。」

爺爺撫摸著小小古飛揚的頭，就算有著怪獸在手臂上，那大手仍好溫暖好溫暖。

用冷水潑臉，古飛揚從回憶中醒了過來。這段記憶是多久以前的往事了？那時候的小小古飛揚只和桌子一樣高，現在的他身高已經要追上爺爺了。

他和爺爺長得也有點像，例如他同樣也有高挺的鼻子和炯炯有神的雙眼，現在又加上獸面紋，而且還貼在和爺爺一樣的位置……。古飛揚心裡生出股複雜的感受，就像是自己總抱怨著不喜歡吃芋頭，實際上並沒有這麼討厭這項食物，反而發現芋頭做成芋泥時十分好吃。

古飛揚照著鏡子，又看了看手臂上的紋身，其實這怪獸也沒這麼可怕，而且饕餮的鼻子還和他一樣高挺！

這麼一想，心情就輕鬆了些。捲高衣袖，志氣昂揚的少年大步邁出，隨著博物院院長進入「銅器特設展」展區。

一股熟悉的氣息迎面而來，充滿四面八方襲來的黑漆漆的壓迫感，在古家書房裡看過的那些東西，以十倍、二十倍的數量出現在眼前，古飛揚生起一股想要逃跑的衝動。

此刻只見艾四拿著手杖往地面上敲了敲，像在蓋印章似的，咚咚咚三聲，鋪在地上的紅毯竟像波浪一般翻騰，從手杖底下產生的光圈呈現輻射狀發散出去。光圈所及之處，黑漆漆的青銅器竟染上一層燦爛的金黃色，刺眼得令人睜不開眼睛。四周頓時出現許多吱吱喳喳的聲音，差點把屋頂掀翻，整座故宮博物院像是重新甦醒過來。

「我好久沒活動筋骨，不曉得頭上的蓋子還掀不掀得開？」

「誰把我頌壺喚醒的？」

「晚上十點不是該睡了……」

「它們會說話?!」

古飛揚嚇得大喊驚叫，這才注意到原先又醜又黑的青銅器已由「青」轉「金」，許多青銅器上刻的紋飾，和他手臂上的饕餮紋長得幾乎一模一樣！

其他青銅器也注意到了，器物上大大的眼睛，咕嚕嚕的皆轉過來看著他。

「這個人是誰啊？」

「我怎麼覺得他長得好像那個誰……」

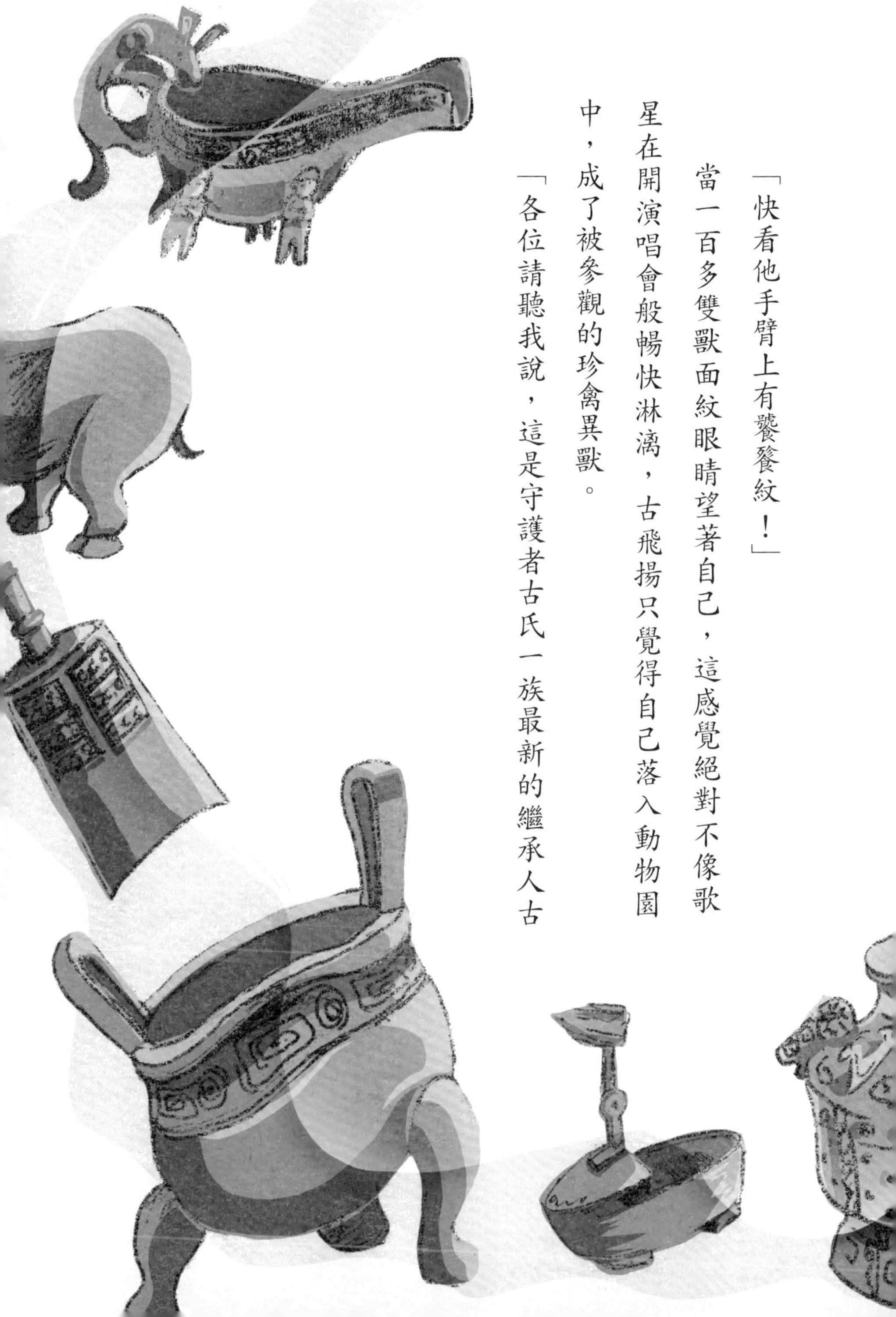

「快看他手臂上有饕餮紋！」

當一百多雙獸面紋眼睛望著自己，這感覺絕對不像歌星在開演唱會般暢快淋漓，古飛揚只覺得自己落入動物園中，成了被參觀的珍禽異獸。

「各位請聽我說，這是守護者古氏一族最新的繼承人古飛揚，今日我特地帶他過來。」艾四適時開口。「祢們都知道，最近有許多文物要遷移到南院，可是在遷移途中出了件大事，西周散氏盤失蹤了。」

「散氏盤失蹤了？哈哈哈哈太好了，要不然我還想痛扁那自大的傢伙一頓！」說話的父戊鼎還不時擺動自己的三隻腳，不用看那獸面就知道祂有多興高采烈。

「散氏盤整天吵著要和毛公鼎、宗周鐘一樣，住在三〇一VIP展區，祂也不過身上多刻了幾個字，就以為自己多了不起！」腰身圓潤的亞醜杞婦卣*也同意父戊鼎的說法。

「同樣是青銅器，就沒看過像祂這麼計較的！現在要把祂送去南院當鎮院之寶，祂又不願意了？」住在散氏盤附近的蟠龍紋盤可以說是長年的受害者，每天都要聽著散氏盤嘮嘮叨叨，好不容易清靜了

些，誰知道散氏盤又搞出事情來了？

「安靜——」聽著大家你一言我一句，艾四不由得又敲了敲手杖。「此刻不是互相鬥嘴的時候，祢們現在要做的，是要協助新任的古氏繼承者找回散氏盤。我打算讓祢們當中的幾個出去，幫忙飛揚帶回失蹤的同伴。」

現場寂靜片刻後，頓時爆出一片歡呼！

「小子選我選我，你看我身強力壯，鐵定可以幫你逮住散氏盤這傢伙，更重要的是我好久沒有出門玩！」

「拜託選我！我是獸面紋鉞（ㄩㄝˋ），是歷史上最早的斧頭。我這把斧頭一擲出去，肯定可以把散氏盤砸昏，你就可以把祂帶回來了！」

*卣：盛酒的酒器。

「我啦我啦，祂們都只想出去玩只有我想幫你！」

「才怪，祢前幾天還在說要逃離博物院……」

聽著比電視節目《百萬小學堂》還誇張的「選我、選我」的吶喊聲，古飛揚聽得頭都昏了，幸好一隻溫暖的大手拍上他的肩膀。

「你是第一次見到這場景，久了就會習慣，這些青銅器其實都很好相處。這東西給你。」又聽到艾院長說：「這是我平常用的多寶格，不要看它小，它共有八個收藏格，能將八樣青銅器收納入內。我已經挑選出幾個可靠的夥伴，輔助你完成這次任務，將散氏盤帶回來。」

淺褐色的多寶格長得和圓形的茶葉罐十分相像，周身卻刻有十分複雜的花紋，乍看下就像是翠竹上頭纏繞鮮花一樣。但仔細觀察，可以發現多寶格分為上下兩層、共八個格子，用拇指便能將格子轉開。

這麼神奇的東西近在眼前，古飛揚卻遲遲沒伸出手。這種感覺太不可思議了，就像路人忽然變成了拯救世界的英雄主角，這有可能嗎？「可是我根本不曉得要怎麼用，我做不到！」

艾四聽聞少年拒絕的話語。許久後，終於嘆了一口氣。「本來我想找的就是你爺爺，果然這個任務交給你還是太勉強了。」

爺爺兩個字，像一道閃電打進了古飛揚心底。是啊，他不就是為了離開爺爺家才來的嗎？難道現在要他摸摸鼻子搭公車回家？既然是爺爺也曾經完成的事，他怎麼可能做不來？轉瞬間古飛揚恢復自信，露出神采飛揚的姿態。「不，艾爺爺請給我這次機會，我一定會抓回散氏盤！」

艾四聽完後神情凝重。「飛揚你要記住，散氏盤不是敵人，是你的朋友。所以不要用『抓』這個字。」

他點點頭，雙手接過多寶格，眼中燃起了信心。不過就是找回一個盤子，就像他平常最愛看的動畫一樣，主角靠著機智與勇氣闖過種種難關，現在不就是他成為主角的最佳時刻嗎？

做好心理建設後，古飛揚一一走到青銅器面前，聽著祂們的自我介紹，俯看這些器物，讓他有一股成為英雄的滿足感。而一道巨大的陰影，緩緩接近他的背後。

6
尋找散氏盤

姓名：散氏盤。

出生年代：西周厲王時期。

身材特徵：高二十・六公分，腹深九・八公分，口徑五十四・六公分，盤底直徑四十一・四公分，重二十一・三一二公斤。盤附雙耳，盤腹內鑄有三百五十七字銘文，記錄兩國和平協議。

可能逃竄範圍：台中市西區。

離開故宮前，古飛揚才坦承自己離家出走，「先斬後奏」請求艾爺爺幫忙。

「你這孩子怎麼這樣？」艾院長忍不住念了他一頓。「『父母在，不遠遊。遊必有方。』爺爺是長輩，孫子要去哪裡應該要事先告知，不能讓爺爺擔心。」

「可是我說出實話，爺爺就不會讓我來了，早上我還為了這件事和爺爺大吵一架呢！」

他的好朋友是什麼個性，艾四還是知道的，也明白古飛揚的話並沒有誇大。「那我現在打電話給文梧，叫他和你一起到台中。」

「艾爺爺不用了，台中是我的地盤，我之前也常一個人搭車回台中。」關於這點，古飛揚真的可以拍胸脯掛保證。「我和爸爸就住在台中，這次是寒假才上來爺爺家住，爺爺如果知道我提早回台中，也不會說什麼的。」

艾四思考著古飛揚的話，點了點頭。「總之我等下就會撥電話給文梧，告訴他你正要回台中，接下來就是你們祖孫倆的事了。」

向艾院長道謝後，古飛揚連忙趕去高鐵站，他可不想被爺爺逮到。

對古飛揚來說，台中是他再熟悉不過的地方，他和爸爸媽媽「曾經的家」就在台中。

只是現在……

腦海中和爸媽共同相處的回憶不多，看著車窗外的景物快速掠過變得模糊，他的記憶似乎也是這樣。

爸媽在一起時，總是時常吵架，從爺爺家回來的路上，他們吵得最嚴重。

「古至洋我已經說過，我不想讓飛揚去碰奇奇怪怪的物品，你看飛揚每次從你爸爸家回來都變得很不正常，你不是也很討厭那些東西嗎？」媽媽坐在駕駛座副座，對著爸爸比手劃腳。

從後照鏡看去，爸爸的眉頭抿成一直線。「我和父親溝通過了，他沒有再告訴飛揚奇怪的事情，妳的反應不要這麼大。」

「我的反應大？老師和我說飛揚整天自言自語，可能有自閉症的傾向，這叫作我的反應大？」

「妳明明知道事情不是這樣。」

「不是這樣是哪樣？古至洋你是研究科學的人，你不要和我說你相信你爸的那一套，認為盤子筷子會說話。」

「我懶得和妳說。」

「而且你爸身上還刺青，你知不知道我看到那個刺青差點嚇昏……」

「妳夠了沒有！他是我爸，妳不准再這樣說他！」腦海中最後定格的畫面是爸爸的憤怒面孔和媽媽的驚恐表情，還有自己嚇哭的慘狀。雖然爸媽事後帶他去吃麥當勞作為補償，沒再當他的面吵過架，但小孩子的記憶哪有這麼簡單，說忘就忘？

古飛揚回到台中的家，站在家門口的那刻原本還有所期待，但鑰匙一轉、門一打開，家裡空蕩蕩的，就像他的心。

洗完澡後古飛揚呈現大字形躺在床上，想著要怎麼找散氏盤，側背包裡陣陣吵鬧的聲音卻打斷他的思緒。

他從台北回來時把多寶格一併裝在側背包中，剛出故宮就聽到一陣吵雜的聲音，找了許久，古飛揚才確定聲音是從側背包中的多寶格傳出。

「祢們說話不會太大聲了嗎？」古飛揚緊緊摀住側背包，他可受不了路上行人投來的異樣眼光。可是他發現一件奇怪的事，路人不是在拍照、就是滑著手機，不管他的側背包發出多大的噪音，他們似乎充耳未聞。

「人們只看得見靜態的我們，看不出我們的動作也聽不到我們的聲音。如果遇到完全沒用心的人，更是連靜態的我們也看不見。」不知道是哪個青銅器這麼說，另一個青銅器又開啟下個話題，吵鬧程度就像班級開同樂會時那樣無法無天。

隔著袖子摸了摸手臂上的紋身貼紙，難道只有身上有饕餮紋的人，才聽得見青銅器的聲音？古飛揚哼了一聲，在內心嘀咕著：有完沒完啊！

「古飛揚，你什麼時候帶我們去找散氏盤？」看，才回到台中休息一下，這些傢伙就開始找事給他做了。

「現在已經是半夜十一點多了，而且台中這麼大，不可能一區一區慢慢找，我要先調查一下散氏盤可能在哪裡。」古飛揚癟癟嘴，從側背包中掏出手機，碰到手機的那刻他猶豫了一下。雖然已經拜託艾爺爺打電話，告訴爺爺他要回台中一趟，但這種事是不是親自和爺爺說一聲會更好？可是他的心裡就是覺得彆扭。

算了，等一下爺爺一定會自動打電話來，接著在他耳邊嘮叨一堆，他又何必先破壞自己的好心情？

古飛揚果斷打開手機，在搜尋引擎上輸入「散氏盤」三個字，了解相關事件始末。這趟國寶南運的戒備森嚴，媲美總統到各地視察時的高規格，政府派出數十輛警車全程護送，但有些展品要順道借展於台中的國立台灣美術館，於是車隊開進了台中市區。當工作人員將借展品送至國美館內，重新清點車上文物時，散氏盤竟然憑空消失！

有家新聞媒體下了個聳動標題：**散氏盤失竊，台灣的國安危機！**

記者明明不在現場，報導內容卻繪聲繪影描述當時狀況，指向國際知名的恐怖犯罪集團利用高科技技術，以地下道當作犯案路線，掀開車輛底下的水溝蓋，再伺機偷走文物，用來威脅政府答應他們的要求，這推理簡直比他看過的偵探動畫還扯。

不過散氏盤自己長腳跑了，這也是沒人會相信的事吧？

既然已經知道散氏盤的失蹤地點，那就以國美館為中心，擴大範圍搜索，一定能找到散氏盤！

在家裡睡了舒服的一覺，隔天古飛揚背著側背包前往台中國美館。

到國美館的第一件事，就是去找他曾經吃過的棉花糖。

沿著館外步道走，回憶也湧上心頭。

那天是很糟糕的一天，他站在空蕩蕩的走廊上，望著最裡頭上鎖的那個房間，不知是期待或是害怕著傳出來的聲音。他的手掌滲出手汗，空氣裡充滿某種黏稠與膠著，彷彿只要有人點燃引信，這裡就會爆炸——

「我要離婚！」的信號終於點燃了，戰爭開打，他聽見房間裡傳來大聲的責罵和乒乒乓乓的聲音，串成一首高分貝交響曲。

一雙大手摀住他的雙眼和耳朵，他聽見自己怦怦跳個不停的心，一聲比一聲更強烈的傳遞出害怕。這時大手抱起了他，將他抱出走廊抱離客廳，打開門後帶他走到國美館去。

一路上爺爺沒有說話，表情看起來甚至比平常更可怕。但爺爺緊緊牽著他的手，就算他舉起手來擦著眼淚鼻涕、就算他耍脾氣想要甩開，那隻手依然堅定包覆住他。

假日的國美館正好舉辦嘉年華慶典，許多攤販站在攤車前不斷吆喝，他卻一點也沒被這熱鬧的氣氛吸引。

可是爺爺走向攤車，買了一朵棉花糖給他。

爺爺從不吃甜食的，卻為他買了一朵七彩棉花糖。

他坐在椅子上，小臉碰到黏黏的糖粉，淚珠也沾附在上頭。那天的棉花糖吃起來很苦，又很甜。

「古飛揚，醒醒！你今天可不是來回憶過往的。」他低吼一聲，為自己加油打氣。現在要專心找散氏盤，該是青銅器發揮功用的時刻了。

古飛揚找了處偏僻角落，取出多寶格，回憶一些他還有印象的青銅器自我介紹後，決定轉開上頭貼注著「鳥首獸尊」的格子。

一道金光發散而出，古飛揚下意識用手遮住強光，等到重新張開眼睛時，一隻像鸚鵡般大小的尖嘴金羽鳥已坐在地上。但和其他鳥類不同的是，這隻「鳥」身體像狗而且有四隻獸腳，現在正在用前足抓癢。

「哈啾！」鳥首獸尊打了個噴嚏。「我六十幾年沒出來外面，現在空氣變得這麼糟了？」

古飛揚摸了摸鼻子，問著：「聽說祢們青銅器彼此之間會有特殊的感應。鳥首獸尊，祢是博物院裡少數可以飛的青銅器，是不是能飛到天空中搜索散氏盤的下落？」

拍了拍翅膀，鳥首獸尊只差沒拍著胸脯保證。「當然可以，雖然我翅膀短身體重，但短距離飛行還是難不倒我！」一聲長嘯，古飛揚只見一道弧形劃向空中，像是一支滿弓射出的金色羽箭。

青天任遨遊的感受是多麼暢快！但鳥首獸尊很快發現事實不如想

像中美好，才感受到憑虛御風的快感不久，無垠天際已經不是祂所熟悉的那副景象，不但有一棟棟與天齊高的大廈，更有橫掛空中阻礙飛行的電線，簡單的飛行簡直成了空中越野障礙賽。

「往左二十度……再往右偏，前面怎麼掛著這麼多條線！」鳥首獸尊縮起翅膀，好不容易才穿越兩條電線之間，卻又差點撞上橫凸出來的招牌，幸好祂一個急轉彎勉強躲過，可是下一個災難接踵而來……

在底下觀望的古飛揚也擔心起來，鳥首獸尊飛得這麼歪歪斜斜，該不會出什麼意外吧？

正午的太陽照至辦公大樓的玻璃帷幕，一道強光反射至鳥首獸尊眼中，這隻六十幾年未曾飛行過的鳥翅膀在空中打滑，頓時失去平衡栽了下來，一頭撞進行道樹裡，身上滿是落葉。

好險鳥首獸尊是堅硬的青銅器，沒受太多傷，牠拍拍翅膀，從樹上降落。

「祢沒事吧？」古飛揚緊張的跑過來，抱起鳥首獸尊。

「我是兩千年前的酒器，肚子裡裝滿酒時從來都不覺得醉，可是我如今昏昏沉沉的……」

古飛揚趕快把鳥首獸尊收回多寶格中休息。原本他以為有其他青銅器的幫忙，一定能很快找回散氏盤，但現在看來要在三萬六千平方公里的「小島」內找一個盤子，這和大海撈針有什麼區別？

這些青銅器們似乎也不太可靠，還是看看網路上有沒有什麼可用的線索。古飛揚再次掏出手機，仔細查詢有關散氏盤的資料：

傳說古代有個國家散國，和其他國家發生戰爭，散國獲勝後，要求戰敗的國家割讓土地，並且請當時權力最大的周朝天子派出官員，來監督割讓土地的過程，最後將此次契約的內容刻在青銅所鑄成的盤子內，作為永久的見證，這就是散氏盤的由來。

「原來古代的盤子不是用來吃飯的？」

多寶格中的青銅器們聽到了古飛揚的驚嘆，忍不住發表各種意見。

「我們生活的年代裡，盤是用來裝水的器具。而像散氏盤這種裡頭刻滿文字的盤，通常是用來記錄某件事情，當作傳家或傳國之寶。」

「尤其散氏盤的個性很愛現，祂老喜歡吹噓自己是獨一無二的，恨不得遊客把目光都集中在祂身上。兩千八百年前祂是美到發光發亮沒錯，但現在渾身黑漆漆的，誰想多看一眼啊？」

「上次還有個遊客來參觀我們，對著散氏盤說祂長得很像韓國烤肉盤，散氏盤還笑到肚子痛。幸好這種盤子鍋子的笑話不是讓翠玉白菜聽到，要不然那顆小白菜肯定又要發出驚聲尖叫。」

原來故宮文物之間有這麼多八卦，古飛揚聽得津津有味之餘，腦海中忽然閃過一絲靈光：古代盤的用途……集中目光……想被看見……

「我好像猜出散氏盤會到哪裡了！」

台中除了有許多聞名的國家級公共設施，更是個美食天堂，而許多出名的烤肉店都發跡於台中。一家、二家、三家……這是古飛揚找的第十七間店，香噴噴的烤肉味直竄鼻尖，只吃了一個冷飯糰的少年捂了捂肚子，小聲的對著自己的側背包說話：「祢們有感應到散氏盤的存在嗎？」

「等等，這裡有股熟悉的氣息。你再走進去一點試試看。」側背包咚咚的動了兩下。

看著店員趨前來招呼，古飛揚正準備說自己是來借廁所時，忽然感受一股目光像釘子一般射來。抬頭望去，正和一雙眼睛對個正著！

那雙突起的眼睛黑亮亮的，還想裝作沒事，咕嚕咕嚕把眼睛往另一邊撇去，可是眼睛兩旁彎彎曲曲的獸紋和圓弧造型，已經出賣了祂的身分——

「散氏盤！」

古飛揚一聲驚叫，散氏盤縮了縮自己身子，像憤怒鳥一樣用力彈出，砰的一聲玻璃碎裂，古飛揚只來得及看見散氏盤跳出窗外，還甩下了偽裝在身上的烤肉銅蓋。

側背包裡的多寶格不斷跳動，青銅器們大喊著：「祂往東方逃了，快追！」

青銅器的指示簡直比GPS還可靠，古飛揚在馬路上拔腿狂奔，竟然真的發現前方出現了小小的黑點，但一拐彎，黑點又旋即消失。

「這裡是死巷，散氏盤該不會是跳到屋頂上去了吧？」

「可是我能感覺到散氏盤還在附近。」

「這裡臭到會讓青銅器感覺失靈吧？誰亂丟這麼多垃圾啊！」

「噓——」古飛揚示意青銅器們安靜一點，在一袋袋色彩繽紛的垃圾堆中，他看見了一個躲在最下層的身影，看起來又黑又髒。

「你就是散氏盤嗎？」

那雙眼睛咕嚕咕嚕的轉著，終於緩緩聚焦看向眼前的少年，一陣刻意壓低的聲音從盤腹內傳來：「你認錯盤子了，我是韓式烤肉盤。」

「那祢剛剛為什麼要逃走？」

「……我是被你的尖叫聲嚇到了，我以前住的地方，有顆小白菜很愛尖叫，我被尖叫聲嚇得有恐懼症。」

「祢知道愛尖叫的小白菜，祢明明就是散氏盤！」古飛揚不想再囉嗦，伸手就要抓住散氏盤。散氏盤還想要逃，才跳了一步不幸跳到尖銳的碎玻璃上，方才破窗的疼痛重新湧回身上，就在這發呆的瞬間，散氏盤的提耳被古飛揚一把揪了起來。

「逮到祢了吧！和我回故宮。」

任務輕鬆完成！

7 人足獸鋬匜的怒吼

古飛揚緊緊抓著散氏盤的提耳，散氏盤晃動身軀大喊：「我乃國之重器，你敢對我這麼不敬揪我耳朵，快把我放下！」

「等一下就放開祢……」散氏盤真重！古飛揚忍著垃圾的臭味，爬到散氏盤旁邊用身體壓住對方，一邊拿出多寶格。

「等……等一下！」散氏盤像見到什麼怪物般大聲喊著，連語氣也變了。「我不能這樣回家，太臭了！我願意好好配合你，可是我想先洗個澡。」

好好的一個盤子變成這樣，的確不怎麼美觀，古飛揚心中早已認可散氏盤的說法。「我要怎麼相信祢？」

「我乃國之重器，和平締約的象徵，你現在是在懷疑有三千年歷史的我會欺騙你嗎？」見對方仍有所懷疑，散氏盤放軟聲音說道：「你帶了多寶格出來，裡頭還有其他青銅器吧？有沒有『匜』在裡頭？」

古飛揚想起了那特殊造形的器具，點點頭：「我有帶一個匜出來，祂還說祂是祢的好朋友。」

「你是帶『人足獸鋬匜』出來對吧？人足獸鋬匜是我最好的伙伴，從古至今，有盤就有匜。我以祂的名義發誓，我絕對不會中途逃跑。」

散氏盤被古飛揚勾著提耳，一邊蹦蹦跳跳來到公園的公共廁所旁，古飛揚從多寶格中放出人足獸鋬匜。人足獸鋬匜長得十分親切，古飛揚第一眼看到祂就想到牛排館中裝蘑菇醬或黑胡椒醬的容器，幸好獸鋬匜沒考慮去牛排館增廣見聞，否則今天他要找的失蹤青銅器就更多了。

人足獸鋬匜從多寶格一出來，下方托著匜的四個小人就吵翻天：

「往左走啦，我好久沒有躺在青草地上了。」

「為什麼每次都要聽祢的？誰承認祢是我們四個當中的老大？」

「不要理左左右右，我們兩個來玩剪刀石頭布。」

「……祢不要鬆手啊！匜會掉下來！」

「——全部安靜！」一聲獸吼震得四個小人身軀一震，攀在匜上方的鋬獸緩緩彎下頭來，從鼻子裡哼哼出聲。「我們從多寶格出來，是要做正經事的。」

話才剛說完，鋬獸就感到身上被人一陣拉扯，祂的兩隻前爪趕緊攀住匜的邊緣，將匜銜起。

古飛揚起初只感到人足獸鋬匜沉甸甸的，下一刻卻輕鬆提了起來。將人足獸鋬匜放到出水口下方後，一陣水柱從水龍頭傾瀉而下，

許久未接觸到沁涼冰水的鋬獸舒爽的甩了甩身子。

「人足獸鋬匜，把散氏盤清理乾淨。」

上方傳來少年的聲音，四個小人聽慣了號令行事，相互對望後嘿咻一聲，將匜架在洗手台沿。其中兩個小人將匜從後方撐高，確保水流流下，另外兩個小人爬上洗手台，將肥皂推入散氏盤的盤腹內，再跳入盤內用力洗刷，散氏盤身上頓時冒出許多灰色泡沫。

古飛揚看見又髒又黑的散氏盤，在一陣洗刷下逐漸露出閃亮的金黃色，忍不住驚呼出聲：「祢也是金黃色的？」

「大驚小怪，我們青銅器剛製造出來都是金色的，還被人類稱為吉金。你現在看到的就是我們最原始的樣子。」散氏盤的眼睛上下轉動，如果祂有眼白和眼珠的分別，現在的祂應該是翻了個白眼。「我們的材質主要是銅加上錫，或者是銅、鉛和錫混合而成，只要比例混

合適當，成為成品後我們就會貴氣逼人，閃亮得令人睜不開眼。但是隨著我們作為陪葬品被埋在土裡，表面開始發生氧化生鏽，才會變成遊客在故宮中看到的模樣。」

「不過也有研究員說我們這樣子很漂亮，因為我們的材質裡有許多不同的金屬，長了鏽斑後也會有黑色、藍色或紅色等不同色彩，看上去別有一番風姿。」

想到那次舉辦的青銅器大展，一千九百多個同住在故宮的夥伴們，幾乎出現了三分之二在展場中，散氏盤不由得激動起來。自從搬遷至故宮後，許多夥伴只能住在後頭的山洞，等到特定展覽才能出來，祂們說山洞裡又黑又冷，真像當初被埋在土裡的歲月。

哼，祂散氏盤才不要這樣活著！祂身上刻的是東方最早的契約、研究歷史的寶貴鑰匙，祂腹中的銘文也是書法家學習的經典，兩百多年前祂好不容易脫離厚重的塵土重見天日，當時那些學者專家對祂是多麼崇拜讚嘆啊！就像回到了兩千八百年前，散國國民對祂既敬畏又感激的時代。

展覽期間祂努力挺起小腹，露出渾身上下最自豪的銘文，結果卻和想像中的不一樣——來故宮參觀的遊客只看祂兩三眼就走了，連相機也懶得拿出來，還有人喊著無聊想去逛下一區，任憑解說員說得口沫橫飛，在祂身邊駐足觀賞的人潮始終冷冷清清。

就因為如此，祂才想逃家，想去看看外面的盤子如今長什麼模樣？要做些什麼才能贏回大家喜愛的目光？

「好了，祢大概洗乾淨了吧？」古飛揚在旁等了許久，恨不得下一秒就將散氏盤裝回多寶格裡。他已迫不及待要回到故宮，讓艾爺爺好好誇獎他。

「我還想再沖一下水，好久沒這麼舒服了。」身為盛水器的盤，天性上就喜歡親近作為注水器的匜，尤其還有僕人幫祂服侍擦肚，不曉得多久沒有這種帝王級的待遇了。「應該叫艾四多讓我們出來活動，青銅器本來就是人類的日常生活用品，讓各個青銅器做該做的事……」

說、說、說，一直說！散氏盤已經發表整整三十分鐘的演講，古飛揚的臉色快要變得比生鏽的青銅器還黑，散氏盤是故意拖延時間不想回去的吧？想到這裡，古飛揚握緊雙拳，大聲打斷散氏盤的發言——

「祢有完沒完啊！到底要不要進去！」

這一陣大吼過後，現場忽然陷入安靜的沉默。不知何時負責擦拭的小僕人已悄悄爬出散氏盤內，散氏盤和饕獸對望一眼後，饕獸將尾巴伸進匣中，竟潑了古飛揚一臉水！

「快走！」收到了饕獸暗號，散氏盤用力彈起身子，往高鐵站方向奔逃。

「祢在做什麼？」好不容易睜開眼睛的古飛揚眼睜睜看見散氏盤消逝眼前，憤怒的質問饕獸。

饕獸尾巴用力一甩，騰空飛上天際，頓時「游」到了古飛揚眼前。仔細一看，饕獸長得像多了四隻腳的龍，令人望而生畏。

「我懂散氏盤的想法，祂只是想出來看看外面世界。而你這小子對我們說話太不客氣，是把祂當犯人嗎？你以為你是誰？」

「我……」本來還想開口宣稱自己是青銅器守護者的古飛揚，在饕獸凶惡的注視下閉了嘴。

「你這乳臭未乾的小子，懂得什麼叫聆聽嗎？要不要我借給你水面照照？你現在一臉扭曲的樣子真難看。」鍪獸說完後攀住匜，底下四個小人早已將匜身托起，咻的一聲，人足獸鍪匜化成一道光束重新回到多寶格中。

竟然被青銅器狠狠洗臉，和剛剛鍪獸潑的一臉水相比，古飛揚更感到心底發涼。他對青銅器的態度是不是太差了？

可是從前，他都是這樣子和別人說話的啊。

和爸媽吵架時，他就會擺出一張臭臉，說出那句——你有完沒完啊！

媽媽要離開的那天，想伸手摸他的頭，他故意往後退了一步，嘴裡說著：「有完沒完啊？」

明明看見媽媽眼裡眨出了淚光，他還是轉開自己的頭。誰叫媽媽這麼討厭，一定要和爸爸離婚，現在才在傷心什麼？

爸爸要出國前，對他仔細叮嚀交代，他生氣的說：「你有完沒完啊！」

明明就是不要他了，那些長篇大論他都不想聽，爸爸出國就出國，沒什麼了不起的！

到爺爺家後，爺爺規定要做一大堆的事，面對嚴肅沉默的爺爺，他只敢小聲的抱怨：「有完沒完啊！」

爺爺什麼都沒說，可是他曾經聽見幾聲嘆息。

古飛揚站在洗手台前，看著鏡中的自己，餘怒未消的臉龐上兩根眉毛高高豎起，充滿了不耐煩的神態。看著看著，他忽然也討厭起自己來。

8 真心說出對不起

說起饕獸的出身，可以說是十分不凡。雖然祂不是龍，身材和飛行能力也弱了一點，卻像龍一樣可以騰雲駕霧，而且還有四個僕人隨身伺候，要洗澡時有人幫祂刷背，要睡覺時有人幫祂鋪好枕頭……，若是要做其他事，只要祂一聲令下，上上下下左左右右就會為之代勞。就算到了祭祀大典上，祂也是被人雙手舉高、慎重使用的青銅器，可沒有人敢對祂大吼大叫。

古飛揚得罪了這麼一個青銅器，後果可想而知。一瞬間多寶格中所有青銅器的交談聲都消失了，不管古飛揚如何呼喚，依舊得不到一聲回應。

原本他還嫌棄側背包裡這些吵鬧的聲音，但當一切寂寥無聲，他才開始有些害怕。現在散氏盤逃了，青銅器們又不理他，一切都像打結的毛線團般亂無頭緒，他是不是把事情搞砸了？接下來要怎麼辦？

是不是要回去向艾爺爺說自己失敗了，請他換別人來尋找，肯定比他有用得多。

「唉呀，祢們真的把小孩子惹哭了。」一陣溫柔的聲音從側背包中飄了出來，古飛揚聽到後抹去眼淚，趕緊打開背包袋口。

一陣輕煙冉冉升起，煙霧散去後，古飛揚只感到手上一沉，竟多出個橢圓形的器物，中央還有一根方形短柱，看著來像個鍋蓋頭，他的注意力全被吸引過去。

「你好，我是轆轤燈，是負責照明的燈具。」

「祢是燈具？那要怎麼點亮？」

古飛揚話一說完，轆轤燈動了動身體，打開上方馬蹄形的蓋子。

咔滋一聲，就像是敞篷車打開篷架一般，原來那「鍋蓋頭」是可以轉動的鉸鏈，馬蹄形的燈蓋往空中繞了一百八十度，打開後原本朝向內側的燈蓋翻至上方，成了個高高舉起的馬蹄，燈盒中散出一股溫熱的光芒。

「好溫暖……」古飛揚忍不住伸出手，覆在蓋口。

「你的手也很溫暖，聽說手能傳遞一個人內心的溫度，看來你是個善良的孩子。」轆轤燈無法顯現表情，古飛揚卻聽得出這聲音帶有笑意。「其實那些青銅器也和你一樣善良，你們兩方似乎有些誤會。」

「我知道，可是……」

「先做錯事的人先道歉，這是亙古至今不變的原則。」

「但明明是饕獸幫助散氏盤逃跑的……」古飛揚不甘心的嘀咕著。

轆轤燈忽然問了古飛揚一個問題。「你怎麼看待我們青銅器的？」

古飛揚愣了一下，隨即依照直覺回答：「祢們有很悠久的歷史，還有很崇高的地位，對我們人類的貢獻很大。」

「除了這些，還有嗎？」看著古飛揚一臉茫然，轆轤燈接著說：「我們青銅器和你們人類一樣，是獨一無二的。就像女媧用泥土捏塑人類，人類則用泥土捏塑我們的『範』。」

「範？」

「範是指模子，像剛剛烤肉店裡的韓式銅盤都是出自同一個模板，用機器做的模板一次可以製作出許多大小一致、品質相同的銅盤；但對於我們來說，一個『範』只能鑄造一件青銅器。」

古飛揚想了一下，這「範」應該就像製造布丁或雞蛋糕的模子，把材料倒進去加熱，過一會兒成品就完成了。

「人們先用泥土捏塑我們的內模並雕飾花紋，再將像黏土一般的黃土當作外模，貼印在內模上，將紋飾翻印在上頭。等到外模全印上紋飾，再刮除內模的表面，就成了青銅器所需的厚度，接著將內模和外模組合起來，再從上方預留的澆口倒入青銅液。等青銅液冷卻後，就得打破這個『範』，挖空內模和外模，便成了世間唯有這一件的青銅器。」

「所以祢們身上的雕飾全是僅此一家，要仿冒也不可能的？」光是這些複雜的紋路就不知道要用手工刻劃多久，還得再翻印、組合，做出這樣一件的青銅器也太難了吧！難怪古人把青銅器看得這麼貴重，就連古飛揚也感覺自己對眼前這盞小小的燈另眼相看了。

「既然我們也是如此特別，你是否有仔細觀察過？」繞了一大圈，轆轤燈終於深入問題的核心。「鏊獸有兩隻大大的耳朵，你有沒有注意到祂開心或者生氣時，耳朵揮動的幅度會不一樣？散氏盤在說話的時候，你有沒有發現不只是人足獸鋬匜，每個青銅器都很高興？你是把我們當成人類使用的器皿，還是把我們當作朋友付出關心？」

對啊！艾爺爺也和他說過，要把散氏盤當成朋友，但他一直認為青銅器只是青銅器，只想著怎麼「抓」回散氏盤。祂們並不是單純的器物，如果不了解祂們的想法，怎麼勸散氏盤回家？

「歷史是因人的感情而存在，人將自己的感情融入歷史中，歷史才會是活的。」

艾爺爺和他說過的這句話，是不是在提醒他，只有自己對青銅器投入感情，才能夠真正完成這次的任務？

「我好像知道我哪裡做錯了。」他不應該把自己看成高高在上的「人」，而是要把青銅器當成他的夥伴。

「人足獸鍪匜，可以請祢出來一下嗎？」古飛揚打開多寶格內人足獸鍪匜所在的格子，懇切拜託下，卻沒有得到回應。「對不起，我剛才不是故意凶祢的，我向祢還有散氏盤道歉。」

「哼哼，」寶格內傳來兩聲輕哼，一道光束從多寶格中射出，古飛揚追尋著光束落點，果然看見了人足獸鍪匜。只是鍪獸並未攀在匜沿上，而是躺在匜中翹高兩隻後足，一副「我是老大」的模樣。「你剛才說什麼？我在休息沒聽清楚。」

「對不起——」古飛揚大聲喊著。「還有，我想當祢的朋友！」

「好，我們之前的事一筆勾消，從今以後你就是我鍪獸的朋友。」鍪獸總算站直身子，收起方才輕視人的姿態。「我會這麼簡單就原諒你，你可要好好感謝『古海明燈』。」

「古海明燈？」這又是哪個青銅器？

「古文物裡最溫暖和善的慈愛之燈，就是你手上那盞轆轤燈，祂也是喜歡你才跳出來幫忙說話的。」

轆轤燈閃著身上的光芒，默認了鍪獸的說法。

得到鍪獸和轆轤燈的認可，古飛揚的心情才好了些。但想起逃跑的散氏盤，微揚的嘴角又癟了下來。

「你是不是在擔心散氏盤？」和古飛揚化敵為友後，鍪獸終於說出自己的推論。「盤和匜秤不離砣、砣不離秤，我大概猜得到祂的想法。才沒幾天，散氏盤就變得又黑又髒，祂應該也快受不了外面的生活，所以我剛才幫祂清洗時，祂才會這麼高興。只是祂被你凶了一頓，現在一定拉不下臉回去故宮，那麼就只剩下一個地方好去。」

古飛揚著急的問：「是哪裡？」

「——當然是故宮南部分院。」

9 向南出發

高鐵列車上，削瘦的少年坐在座位上，雙手捧著一個外表嚴重生鏽的橢圓盒子，他的眼神明亮且充滿光采；映照著車廂裡的其他乘客，許多人冷漠的滑著手機，又或者無神的望向窗外。

「如果不回台北，去南部分院是散氏盤唯一的選擇。青銅器都喜歡待在靈氣充足的地方，台北故宮就是我們最佳養氣之處。如果我們少了靈氣滋潤，氣息會漸漸變得微弱，而且失去光彩。」轆轤燈待在古飛揚手上，樂意陪著他一路上聊天。

「氣息會變得微弱？可是散氏盤看起來一點都不像……」

「因為祂是散氏盤啊。毛公鼎、散氏盤和宗周鐘被稱為故宮的青銅器三寶，祂們身上所刻的銘文最多，可以藉此感受到更多靈氣，逃家出門玩時就能玩久一點。」轆轤燈徐徐說道：「但離家一久，總會想回家。」

古飛揚一路跟著轆轤燈聊天，鬱悶的心情被沖淡不少，還聽到許多有趣的逸事。「在故宮三樓我們文物也有選出三寶，尖叫小白菜和抓狂散氏盤都在其中。尖叫小白菜是三樓的噪音汙染源，拜託你帶我們回去時，千萬不要走靠近三〇二展區的樓梯，只有容忍力異於常物的東坡肉能長期和小白菜住在一起。散氏盤則是讓其他青銅器常常抓狂，祂喜歡故意碰撞其他青銅器，每個青銅器因為身上的厚度不同，發出的聲音也不太一樣，散氏盤就把所有青銅器當成大型敲擊樂展來演奏，青銅器們的個性多半很穩重，出現這麼一個散氏盤讓人挺傷腦筋的。

「有次散氏盤把歪腦筋動到人足獸鋬匜身上，趁著對方在休息時用力一撞，上上下下左左右右立刻發出『啊呀！啊呀！』不同音階的四聲慘叫，祂們扛在肩上的匜差點掉下來，最後是鋬獸衝上前咬了散氏盤，還用尾巴搔癢，散氏盤才認輸投降。」

古飛揚聽了也笑出來。「所以剛才我見到的四個小人，祂們真的叫上上、下下、左左、右右？」

「因為這四個人老是搞不定要把匜往哪個方向抬，整天在和自己的同伴拔河，抬來抬去匜還是在原地，大家就幫祂們取了這名字。」難得有人專心聽故事，轆轤燈也開心的繼續講著：「如果你有問題要問，千萬不要問祂們四個，四個人只會提供四種不同的答案，把你搞得團團轉。有什麼疑問，你問鋬獸就好，祂才是人足獸鋬匜中的老大，只要鋬獸一聲令下，上上下下左左右右都得聽祂的，這時不論要祂們四個參加兩人三腳或四人五腳絕對拿第一。」

側背包忽然動了一下，裡面傳出四句異口同聲：「哪有！」「沒有！」「才怪！」「亂說！」

轆轤燈呵呵笑著：「不過可不要讓祂們喝酒，有次開完特展大家玩得太高興，上上下下左左右右不小心多喝了幾杯，結果……」

聽到這裡古飛揚連忙接了下去。「結果回去時祂們扛錯東西，扛成了翠玉白菜，被扛起來的翠玉白菜尖叫大喊：『要死了！要死了！我是玉做的禁不起摔！』」

「咦？你知道這故事？」

「我……好像聽過。以前爺爺曾經講過類似的故事給我聽。」古飛揚說著這句話時，心頭的回憶不由得被觸動了一下。

他還沒上幼稚園前，常纏著爺爺講故事給他聽。爺爺的故事都很奇特，主角曾經有過會說話的盤子，或者喜歡欺負四個小僕人的龍，他們有鍋碗瓢盆各式各樣不同的夥伴，會發生許多有趣的事。

「爺爺，我想聽上次煮飯鍋子的故事。」

「煮飯鍋子？你是說那個脾氣很不好的煮飯鍋嗎？」

「就是那個圓圓的，常把他頭頂上的蒸籠氣到跳起來的煮飯鍋子。」

「說到那個煮飯鍋，祂的脾氣實在太差了。有次有個盤子故意惡作劇，大聲說著要把自己塞進煮飯鍋裡，盤子只是隨口說說，煮飯鍋就氣得要跳到盤子的

肚子上。幸好爺爺把煮飯鍋擋了下來，要不然煮飯鍋這麼重，跳上去一定會把盤子壓垮……」

那段時間古飛揚常常跑到廚房裡，對著筷子或湯匙說話，他動動手指頭，筷子也會跟著回應，感覺自己又多了許多好朋友。

可是上了幼稚園後，一切都不一樣了。

那天他和往常一樣，對著他的湯匙和筷子說話時，其他小朋友跑過來笑他：「哈哈哈，你好像大笨蛋，怎麼會對著筷子說話？」

「你是不是腦袋瓜有問題？」

連老師也過來盯著他：「古飛揚快點吃飯，不要對著湯匙自言自語，你一口飯要吃多久！」

他覺得好丟臉，眼淚叭噠叭噠掉落下來，回家後他把餐袋甩在爺爺身上。「湯匙和筷子根本不會講話！爺爺才是大笨蛋！」

他看見爺爺臉上浮現錯愕的神情，想張開嘴和他說什麼，最後又默默的抿起嘴唇，撿起餐袋離開。

後來爺爺要講故事時，他總是跑得遠遠的，再後來懂得看電視和用手機後，他就選擇看著冰冷的螢幕哈哈笑，雙耳自動遮蔽爺爺的呼喚。

再後來不知道從什麼時候起，爺爺越來越少到他們家了。

叭噠、叭噠！眼淚滴在少年的褲子上，滴在暖暖發光的轆轤燈

上。

現在他才知道，爺爺和他講過的那些故事都是真的，他果然是個大笨蛋！

「轆轤燈，祢知道我爺爺過去發生過什麼事嗎？」古飛揚用手背抹去眼淚，現在他和青銅器們已成為好朋友，得把握機會問出心中的疑問。

「你爺爺是古義範？」

聽到轆轤燈說的名字，古飛揚直覺搖頭。「我爺爺叫古文梧。」

「古文梧？是小梧嗎？」轆轤燈還來不及回答，多寶格中像被丟入一顆炸彈，所有聲音都被炸了出來：

「你是小梧的孫子？不會吧！我都還沒看過小梧的兒子，他就有孫子了！」

「這年紀應該是小梧的孫子沒錯，你想想小梧都幾歲了？」

「歲月催人老啊，我發現我們青銅器又變老一點點了。」

聽著青銅器們越來越偏離主題的話語，古飛揚實在不曉得該如何插嘴導回原本的問題，還是轆轤燈終止了這場混亂。

「你剛才問小梧過去發生了什麼事，是之前聽到些什麼嗎？」

古飛揚將艾四和爺爺見面那天的事如實說出，也順道提出自己的推論。

「你說的推論不太可能，小梧很盡忠職守，我們從來沒有任何一個同伴不見或者損傷，所以『那件事情』不會是指小梧照顧我們時有所疏失。」鳥首獸尊果斷否定古飛揚的看法。祂可喜歡小梧了，以前小梧在的時候，連祂羽毛上的淺溝都會幫忙擦拭乾淨，他對待每個青銅器都是如此細膩溫柔。

「不過有一件事情倒很奇怪……」一陣尖細的聲音從多寶格中傳出，聽起來有些陌生，卻吸引了大家的注意。「你們還記得嗎？有一天小梧忽然不來看我們了。小梧一直把我們當成好朋友，他這麼喜歡我們，怎麼可能對我們不聞不問？」

古飛揚聽見自己怦怦的心跳聲，雖然沒得到解答，但他又離真相更近一步。「所以爺爺發生的事，可能和那段消失的時間有關？」

「你是小梧的孫子，看來得由你查明了。」轆轤燈慎重的請託。

「我們也很在乎小梧，請你一定要查出真相。」

10 大千世界

在嘉義高鐵站下車後，望著陌生的景色，他不知道該往哪裡走。

這時側背包裡響起的手機鈴聲，解救了古飛揚。

「喂？艾爺爺嗎？」這一路上發生的事情太多，他都忘記要聯繫院長。

「飛揚，你知道散氏盤的下落了嗎？」艾爺爺的聲音聽起來有些疲憊。

「我現在在嘉義，剛從高鐵站下車，因為人足獸鋬匜說散氏盤可能在這裡。我今天上午遇到了散氏盤……」古飛揚一五一十交代今天發生的事，越說到後面，聲音越小。「艾爺爺對不起，我還沒找回散氏盤。」

「沒關係，我相信你有辦法把祂帶回來。」艾院長沒有任何責怪，只有滿滿的關心：「不過現在天色已晚，你一個人在嘉義太危險，今天晚上就不要找散氏盤，先到我的一個老朋友家裡借宿吧。」

「這樣會不會不好意思？」

「不會，我想他一定也會很喜歡你。我的老朋友是位書法家，他家的地址是……」

古飛揚趕快記下手機那頭所說的地址及主人資料，艾四又仔細叮嚀出門在外的注意事項，這種被人關心的感覺真好，當然也有點難為情。

「艾爺爺謝謝你，沒想到你特地打電話給我，還幫我這麼多。」

「說來慚愧，其實是你爺爺打電話過來，問我你怎麼樣了？我才記起要打這通電話給你。」

竟然是爺爺！古飛揚心頭像被什麼東西用力撞擊了一下。

摩耶路一九八三號。

古飛揚對照手機內的地址，是這裡沒錯。但眼前的房舍好像和一般的建築長得不太一樣？至少他沒看過有銅環的大門，大門匾額上還題著「大千世界」四個大字，筆跡蒼勁有力，透露出主人非凡的品味。

忐忑的按下門鈴對講機，主人說了一聲「來了」之後，古飛揚在門口呆站五分鐘，才見到有人出來開門。

「抱歉，家裡只有我一個人，要走到門口必須花點時間。」迎接古飛揚的是位高瘦的老人家，但親切的笑容降低了身材給人的壓迫感。「院長之前和我說過你的事，我和艾院長是老朋友，你稱呼我石爺爺就行了。我一直期待你的到來，為家裡添點人氣。」

「石爺爺，這麼美麗的地方只有你一個人住嗎？」一進門古飛揚就被中國式的庭院造景吸引目光。若干修長的竹子遮蔽了左側的一方天地，竹林後頭是一座小池塘，池上有座小橋，站在橋上可望見潺潺流水，真是美極了。如果能夠選擇，他一定住在這裡。

「你喜歡這裡的風景嗎？」看見古飛揚驚嘆的神色，石爺爺呵呵一笑。

「我還沒見過有房子是這樣布置的。」古飛揚回憶到同學家玩時，都是一棟棟排列整齊的公寓大廈，進去後是金碧輝煌的大廳，接著是一間間用玻璃隔出的公共空間，同學會炫耀著家裡有健身房、圖書館……，可是他隔著玻璃看時，總覺得有種冷冰冰的滋味。

「年輕人嫌這房子太老舊，照顧鯉魚很麻煩、修剪花草很麻煩，更無法瞭解家裡頭為什麼要堆砌一堆完全用不到的石頭。唉，不說了。」石破天嘆了一口氣，背後似乎還有很長很長的故事。「你就是古飛揚對吧？長這麼大了？」

明白老人家不想再談論房子的話題，古飛揚順著問話點頭，跟著老人家走進屋內。一進屋後才發現，這棟建築其實是座小巧精緻的現代四合院，中庭是一座十字形的橋廊，底下的池水與庭園外的魚池相通，四周種滿了花草及擺著大石頭，整棟建築似乎和青山綠水相融合。

「這棟房子從裡到外都是我親自設計的，我喜歡從四周的任何一個角落，欣賞不同角度的美景。」石破天邊介紹著，最後將目光落在古飛揚的胸前。「這是轆轤燈吧？好久不見了。」

轆轤燈閃了閃身上的光芒，禮貌的回應：

「好久不見。」

「你……你能和祂對話？」古飛揚驚訝的問。

石破天呵呵笑了兩聲。「轆轤燈祢該進去多寶格休息了，出來這麼久，祢也累了吧。現在飛揚平安抵達我這裡，祢不用再擔心。」

「好的，我把這孩子交給你了。」

轆轤燈的光芒漸漸變淡，古飛揚趕緊拿出多寶格，隨後一陣輕煙飄進多寶格中。

「飛揚，我帶你到客房去，找尋

散氏盤的期間你就安心住在這裡。」

「石爺爺，你認識我爺爺和這些青銅器？」隨著石破天穿過廳堂，古飛揚瞄著牆上的幅幅書法，忍不住出聲詢問。

「我和你爺爺年輕時是好朋友，不過年紀大了之後我們各自有各自的煩惱，就比較少見面了。」回憶起過往的歲月，石破天露出懷念的神色。「至於青銅器，我很佩服你爺爺能和祂們處得這麼好，所有青銅器都很喜歡他。」

古飛揚還想再多問一些關於爺爺的事，卻被一扇門吸引住目光。和爺爺家一樣，石破天家有一間很大的書房，但房門上畫的不是饕餮紋，而是一個黑色的「永」字。仔細一看，這「永」字竟然像水流一樣，黑色的墨跡彷彿不斷流動，隱隱閃爍著光采。

「這是我的書房，你想進去看看嗎？」

古飛揚點頭後，石破天打開房門，大大小小的書法作品掛滿了整個房間，還有一張宣紙正攤在書桌上，墨跡未乾。石破天指著牆上的書法介紹：「這些都是我寫的作品。」

被爺爺逼著練書法，但古飛揚對書法其實一竅不通，只看得出這些字長得並不一樣。有的字他認得出來，可是有的字彎彎曲曲的，有點像課本上提過的「甲骨文」。

「這是各個朝代不同的書法字體，我臨摹古代書法家們的創作，感受其中的情感。」

「這幅作品怎麼有點……特別？」古飛揚指著其中一件橫幅長篇，紙上寫錯的字竟然直接用毛筆塗黑，而且字跡深淺不一、潦草凌亂，他寫的作業可能還比這幅作品來得整齊好看。

「這幅作品是臨摹顏真卿的〈祭姪文稿〉。」石破天開始講述作品背後的故事。「顏真卿是唐朝有名的書法家，他聽到自己的姪子不幸身亡，在悲痛之餘寫下這篇作品。在剛下筆時，顏真卿勉強平靜心情，但他越寫越難過，字形開始紊亂、字裡行間排列也呈現傾斜，到了後來他忍不住內心的悲憤交加，整幅作品就像一個心碎不已的老人在哭訴。」

「真的是這樣嗎？」古飛揚湊上前看，這幅「塗鴉」竟然有這麼深刻的含義，到底要從哪裡看出來？

「這幅書法作品對於初學者來說，是很難領悟的。等到你的人生經驗足夠，真正喜歡書法後，你會發現每幅書法都是獨立的個體，它有著自己的故事和生命，你可以和它對話。」石破天將手伸至這幅作品前，隔空輕輕撫摸其中的字。「如果這些作品有所損傷，你心中也會充滿不捨。」

你可以和它對話，你可以和它對話……這句話像句咒語，徘徊在古飛揚的腦袋中。就算躺在軟綿綿的大床上，古飛揚依舊無法入眠。

今晚石破天的神情，古飛揚在爺爺臉上也曾見過。那是爺爺在對待書房裡的青銅器時，會流露出的呵護和小心。

小時候他只是奇怪，為什麼爺爺花這麼多時間待在書房，對於那些黑漆漆的東西擦了又擦，像對待老朋友似的和它們交談？他因此偷偷溜進書房裡，想要抱一個青銅器下來看看。

他選中一個外形有三隻腳的杯子，踩在板凳上要將它拿下來。沒想到這杯子比他想像中的還要重許多，一個沒拿穩杯子就掉到地上，發出砰一聲巨響，原先鑄在杯子上的圓形短柱竟斷了一根。

爺爺衝了進來，看見在地上的杯子，神情變得好嚇人。

「飛揚，你不要進來書房。」爺爺皺起眉頭，嫌惡的看著他……

不！不是嫌惡，他回憶起爺爺那時候的表情了。爺爺皺起眉頭，臉上寫滿的是擔心，以前他不懂，可是現在他懂了。

那個青銅器也會痛吧？就像散氏盤破窗而出之後，有意無意的躲避碎玻璃，也像人足獸鋬匜一樣，會生氣失望或傷心，又或者如同轆轤燈一般傷了精神需要休息。但是那時的他完全不懂，只覺得爺爺為什麼要罵他？為什麼對他這麼凶？

他現在好後悔，不曉得被他摔壞的青銅器後來怎麼了，他是否還有機會向對方道歉？更重要的是……他應該和爺爺說對不起。

古飛揚坐起身子，掏出側背包中的手機，在心中默念爺爺家的電話號碼。

可是，手指頭停留在按鍵上，遲遲無法撥通電話。

向別人道歉很容易，但向自己的親人道歉，萬語千言卻不知從何開口。他可以流暢的向人足獸鍪匜認錯，可是一想到要和爺爺說對不起，就怕這句對不起之後會帶來更多的道歉。

還是算了，等散氏盤的事情結束後再好好和爺爺說。古飛揚這樣安慰著自己。

11 犧尊，GO！

雖然昨晚沒睡好，隔天古飛揚還是起了個大早，出門尋找散氏盤。對於這趟找尋之旅，石破天也給出了一些建議：

「散氏盤沒有離開過台北故宮，而且祂生性貪玩，應該還留在嘉義高鐵站附近。在高鐵站附近分區搜索，說不定會發現蛛絲馬跡。」

「謝謝石爺爺。」古飛揚充滿朝氣的回應，精神抖擻出了門。

出門後他沒有叫出轆轤燈，轆轤燈又不是他的僕人，沒有隨傳隨到的義務，青銅器一出來也是會消耗靈氣的，等找到散氏盤後再請祂們出來也不遲。

抱著這想法的古飛揚，沿著高鐵站附近的道路走著，仔細留意經過的每個地方。

一路上安靜的多寶格裡，忽然發出一個聲音：「哼，照你這種找法，直到民國兩百年也找不到吧。」

「可以請祢幫我嗎？」古飛揚停下腳步，等待青銅器現身。

一聲像狗又像牛的叫聲傳了出來，連耳膜也感受到陣陣鼓盪，古飛揚被這聲音嚇得往後退了兩三步。回過神時，發現前方多了一隻動物。

這隻動物的大小和馬爾濟斯犬差不多，長得有些像還沒長角的犀牛寶寶，身上卻有著許多裝飾。祂的頭部鑲著多顆幽綠的綠松石，頭尾上紋著銀絲，背上還有用金絲和銀絲刻畫出的卷龍紋，加上頸部一條粗厚的金項圈和直挺的站姿，一看就不是普通的動物。

「祢是……」

「我不是狗，也不是牛，更不要叫我馬來貘。」說完後還轉過頭去哼哼兩聲。

「那我要怎麼稱呼祢？」

「我的全名是『嵌松綠石金屬絲犧尊』，簡稱犧尊——尊貴的尊，懂嗎？」犧尊揚高了頭，明明是一副驕傲的神態，古飛揚卻覺得祂實在長得太可愛了，向來喜歡動物的古飛揚差點忍不住想抱起祂。

不過犧尊也有一個尊字？古飛揚好奇的問：「祢和鳥首獸尊都是用來倒酒的酒器嗎？」

「我們是在祭祀大典上才會出現的——尊貴的酒器，所以我的身分非常非常的矜貴。和那隻會飛得撞樹的鳥相比，我渾身上下滿滿的金銀珠寶，還是更尊貴一點點。」

這句話當然惹得在多寶格中的鳥首獸尊抗議。「金色馬來貘祢臭屁什麼！祢不過就是個用金銀堆積出來的暴發戶，我身上工匠刻的花紋細緻多了！」

「不要理那隻鳥，祂喝醉了還沒醒，認不清楚現實。我們往前走吧。」犧尊舉高蹄子昂首闊步，但由於腿太短了，每步走的間距並不大，古飛揚慢慢跟在後頭，聽著犧尊邊走邊碎念：「你一開始讓那隻鳥來做偵查工作是正確的，除了喝酒外祂最會的就是大範圍偵查——如果不考慮祂的飛行技術的話。而我就不同了，我比較尊貴一點，適合地毯式搜索，但做這件事情實在有點降低我的身分。哼，我又不是狗，竟然敢使喚我做聞嗅的工作。」

古飛揚心裡納悶，他明明沒叫犧尊出來做這件事啊？

「祂想幫你，只是不好意思說出口而已。」轆轤燈小聲的補上一句，幸好犧尊自顧自的往前走，沒有聽到這句話，仍繼續滔滔不絕：

「我也不是牛，才沒有義務為人類任勞任怨。我是犧尊，名字筆畫這麼難寫又有個尊字，一聽就知道我很尊貴……」

一路上犧尊從動物勞役史一直說到了生物演化論，一演講起來簡直沒完沒了，古飛揚卻邊聽邊點頭，有疑問的地方還會開口請教犧尊。

「孺子可教也，如果你生在戰國時代，我就引薦你去見當代的大學問家孟子，他的學問比我少了一些些，但已經是辯才無礙的大辯論家。」犧尊出生在戰國後期，曾經見過孟子幾面，對於孟子犀利的演說風格很有印象。

古飛揚卻是趕快搖頭。開玩笑，國文老師要求全班背《論語》時，大家都已經背得半死不活；聽說孟子說的話比孔子更多，寫成《孟子》這本書時比《論語》還厚了兩三倍。犧尊的話已經這麼多了，要是讓他穿越時空見到孟子，他可能會被孟子的口水淹死。

下一刻，犧尊忽然停下腳步，語氣也變得正經起來——

「說了這麼久，總算找到散氏盤了。」

古飛揚這才注意到，他們所在的地方和他看慣的都市風景全然不同。除了電線桿和道路外，放眼望去便是一池又一池的魚塭，以前只在課本上讀到嘉義的魚塭美景，親眼見到後才發現，陽光映著池水散發粼粼波光，畫面真是美極了。

散氏盤似乎也沉浸在其中，一雙大眼睛望著前方不遠的魚塭，享受著微風的吹拂。

「祂現在對你有戒心，你還不適合出面。」轆轤燈出聲提醒。

「讓同伴們過去，勸勸散氏盤。」

古飛揚拿出多寶格，其中兩格自動向外轉開，古飛揚低頭看了這兩格貼著的標籤，分別是「鈎連乳丁紋羊首罍(ㄌㄟˊ)」和「戰國繩紋鉦(ㄓㄥ)」。

鈎連乳丁紋羊首罍長得像個大花瓶，罍身上有四個羊首，但和人足獸鋬匜不同的是，這四個羊首說出的話一模一樣，語速也分毫不差。「讓我去吧，散氏盤見到我會覺得放鬆。」

「我和羊首罍一起去，羊首罍倒酒，我來奏出美妙的音樂。」戰國繩紋鉦的造型類似掛在寺院中敲擊的銅鐘縮小版，鐘身上有數十顆眼睛，說話時眼睛會順時針、逆時針繞圈般一致轉動，說起話來尖尖細細的聲音更是像音樂般好聽。

「在我前去之前，請先幫我倒水。」四個羊首同時抬頭望向古飛揚，古飛揚從側背包中拿出此次旅行攜帶的礦泉水，全倒入罍中。裝好水後羊首罍開始移動，移動身軀時笨重的聲響引起了散氏盤注意，犧尊趕緊叼著古飛揚的褲腳躲至一旁。

「夥伴，好久不見。」羊首罍一屁股坐在散氏盤身邊，散氏盤也沒有閃躲，只輕輕吐出一口氣。

「兄弟，有什麼難過的事，唱一首歌喝一口酒就過去了。」戰國繩紋鉦站到了散氏盤的另一側，用身體輕撞散氏盤，發出噹噹的聲音。

「我一點都不難過，只是覺得這幅美景很難得。」散氏盤仰起腰望向天空。「祢們說說，我們多久沒這麼悠閒的見過藍天和大地了？」

「兩千多年吧？想當初戰國的天空比現在還藍，人們也很喜歡我們，我們活躍在各種社交場合上，聽著許多的歡笑聲。」羊首罍想起過去，也發出悠悠的長嘆。

「在回去之前，就讓我們好好享受一次如何？」散氏盤轉動眼睛，看著左右兩名夥伴。

「我們陪祢！」戰國繩紋鉦挺直腰桿，發出響亮的音色。

「好，今天一定要玩個開心！」

羊首罍的四個羊首同時低下頭，羊鼻轟轟的噴出熱氣，像是在用力擠出什麼東西。不多時，一道淡黃色的水花從罍身中噴射出來，澆向四周。

被水酒澆了一身的散氏盤溼漉漉的，品嘗到甘甜的滋味後哈哈大笑。「好酒、好酒，羊首罍祢釀的酒還是這麼好喝！」

同樣被澆溼的戰國繩紋鉦扭動身子，富有節奏的音樂從身上傳遞出來。

散氏盤清了清嗓子，開口唱歌：

月出皎兮（ㄒㄧ），佼（ㄐㄧㄠˇ）人僚（ㄌㄧㄠˇ）兮，舒窈糾兮，勞心悄兮。

月出皓兮，佼人懰ㄌㄡˇ兮，舒懮ㄧㄡˇ受兮，勞心慅ㄘㄠˇ兮。

（露出臉的月兒多明亮啊，但沐浴在月光下的美人更漂亮，她的舉止優雅身姿輕柔，讓我想她想得心底發愁啊！）

（高懸天際的月兒多晶瑩，但沐浴在月光下的美人更嫵媚，她的舉止從容身姿嬌美，讓我想她想得心生煩憂啊！）

雖然轆轤燈和他解釋這是古代歌譜《詩經》中的一首曲子，但古飛揚還是聽不懂散氏盤在唱些什麼，只聽懂了「月」這個詞語。往魚塭方向望去，太陽不知何時已悄悄下山，月亮緩緩升起於天際，月光柔柔灑下，照在魚塭當中，讓古飛揚想起爺爺曾教他寫的一副書法對聯：「千山同一月，萬戶盡皆春。千江有水千江月，萬里無雲萬里天。」

爺爺說：不管在哪個地方看見的月亮，在哪個地方享受的春景，都是相同的。任何一條江河，只要有了水，水中就能映照出明月；只要烏雲被吹散了，就能看見晴朗的天空。

魚壚旁的演唱會依舊熱烈開唱，羊首罍噴出的水柱像盛開的煙花，戰國繩紋鉦瘋狂擺動身軀、節奏越來越快，散氏盤則扯開喉嚨，大唱〈酒後的心聲〉：「我無醉、我無醉、無醉，請你不免同情我，酒若入喉，痛入心肝……」

「為什麼散氏盤會唱台語歌？」古飛揚不敢置信自己聽到了什麼。

「來演講的講師或者故宮裡的工作人員，偶爾也會哼哼歌曲，祂們雖然沒有我這麼天資聰明，但好歹也是充滿靈性的青銅器，當然一下子就學起來了。」犧尊揚高頭說著，卻被古飛揚發現祂的腳踩踏的節拍慢了兩三拍。

「唱〈光年之外〉，我要聽〈光年之外〉！」從多寶格衝出來的鳥首獸尊高興得在天空繞圈圈，不斷發出鳴叫。

接到點歌，散氏盤唱得更起勁，幾乎用盡了全身力量大吼——

「緣分讓我們相遇亂世以外，命運卻要我們危難中相愛。也許未來遙遠在光年之外，我願守候未知裡為你等待！」

這一晚，轆轤燈靠在古飛揚胸前，散發和煦的光芒，玩累的鳥首獸尊和犧尊則窩在他的兩腿之間。而人足獸鋬匜不知什麼時候跑到了魚塭旁，上上下下左左右右小心翼翼的以匜撈水，再讓鋬獸銜著倒入羊首罍中。

古飛揚坐在泥濘的土地上，卻笑得既開心又痛快。現在他和青銅器享受著同一片天空和明月，和祂們的心好像更靠近了。

12

漁塭危機

當古飛揚從寒風中甦醒，已經是半夜十一點多，所有的青銅器早已睡倒成一片。睡著的青銅器不再是燦亮的金色，而是恢復成在博物院中看到的黑色，原來沉睡中的青銅器是這個模樣啊！

古飛揚將鳥首獸尊、犧尊和轆轤燈收進多寶格中，走到魚塭旁，再將羊首罍、人足獸鋬匜及戰國繩紋鉦一一收入，最後剩下散氏盤。

散氏盤，這個令他忙了好幾天的散氏盤，他忽然很想抱抱祂，感激祂讓自己有機會體驗到這一切。

古飛揚雙手觸摸到散氏盤盤身時，散氏盤忽然驚醒，兩隻眼睛瞪得老大，身體也迅速由黑變金。

「有人類！不要抓我去陪葬！」

咚的一聲，散氏盤掙脫古飛揚的懷抱，往魚塭方向逃竄。

月光朦朧，散氏盤跳躍的動線左搖右擺，古飛揚不由得大喊：

「散氏盤我沒有惡意，我只是要帶祢回家！」

「我不要再住在墳墓裡，我要陽光、空氣和水！」散氏盤邊跳邊轉身對他吼叫，可是那雙獸眼的視線上下飄忽，古飛揚心裡冒出一個想法：散氏盤該不會喝醉了吧？

忽然，古飛揚瞳眸驟縮，出聲大喊：「小心！」

但來不及了，因為散氏盤的回頭一吼，以至於祂根本沒看前方的路而跳錯方向，這一跳是往魚塭裡跳去，散氏盤就這樣直直的摔入水中。

古飛揚連忙跑上前，卻忘了魚塭旁的土地溼潤，一個沒踩好也跌到泥地上，側背包裡的東西全散落一地。

這一摔摔得他鼻青臉腫，痛得快站不起來。古飛揚乾脆手腳並用，爬到散氏盤墜落的魚塭旁。散氏盤千萬不能有事！一陣強烈的恐懼襲捲心肺，當初摔壞青銅器的回憶又重現眼前，不，他不能再經歷一次這樣的事件！

古飛揚撐起身子，往魚塭探頭一看，幸好——幸好魚塭內架設的網子網住了散氏盤，但不幸的是，兩旁支撐魚網的架子已經慢慢傾斜。

古飛揚側著身子，伸長右手勉強抓住勾住散氏盤的提耳，但散氏盤的重量不是他這個年紀的男孩可以提得動的。右手泡在又冰又冷的水中，指頭關節已經被磨得紅腫，眼淚都快飆了出來，古飛揚卻不願鬆手，散氏盤一定也覺得很冷吧？所以他不能自私的放棄他的同伴！

古飛揚用盡力氣大喊——「朋友們

祢們快點出來！」

掉落在地上的多寶格頓時震動起來，一道道光芒從中發散出，他熟悉的青銅器們又回來了！

「怎麼會這樣？」

看到眼前情景，原先還沉浸在歡樂氣氛中、腦袋瓜昏昏沉沉的青銅器們瞬間驚醒，連忙上前幫忙。

轆轤燈跳到古飛揚身邊，拚命發散自己的光和熱，一道光芒劃破漆黑的夜空，要為苦苦堅持的少年帶來多一些溫暖。

鳥首獸尊和羊首罍想辦法扳正右端的

漁網支架，犧尊和人足獸鋬匜則用力拉住另一端支架，要讓漁網重新浮上水面。

戰國繩紋鉦身型最小，也沒有手腳可以幫忙，只好在一旁吶喊加油，將自己的身體敲得咚咚響。

看著眼前的青銅器們，古飛揚紅了眼。他聽見自己的心臟激情的跳動，但不只是他的心，他還聽見許多顆心共同跳動的聲音。

「古飛揚，拉著我！」一陣低沉有力的聲音從身後傳來，古飛揚轉過頭，只見一個黑色的圓鼎站在他後方，彎腰伸出自己鼎上的提耳。

古飛揚左手用力握住提耳，圓鼎慢慢伸直自己的腰，將古飛揚往後拉，古飛揚的右手則拉著散氏盤，形成了人力拔河的畫面。但散氏盤實在太重，古飛揚的手指頭一點一滴鬆開，眼看就要前功盡棄——

一隻大手伸入水中，提起了散氏盤另一端的提耳，古飛揚向上望去，只見那隻被水濡溼的胳膊上，露出了饕餮紋的紋身。那曾經在他眼中看起來可怕嚇人的饕餮紋，如今成了最溫暖有力的感動。

「爺爺！」

在他們兩人和所有青銅器的通力合作下，散氏盤終於被拉出水面。一出了魚塭，散氏盤渾身發抖吐著大氣：「我差點以為我又要死一次了，這水好冰好冷，快給我溫暖的陽光。」

「看祢下次還敢不敢調皮。」

「大哥對不起……」散氏盤垂著提耳，對發話的青銅器認錯。

古飛揚這才注意，這是在多寶格中最後一個現身、也是唯一一格子外層沒貼標籤名稱的青銅器，好像是個很了不起的角色，竟然讓散氏盤乖乖挨訓。

感受到古飛揚投射而來的目光，圓鼎轉過身，向古飛揚自我介紹：「我是毛公鼎，我們在故宮裡見過一面。」

「毛公鼎？祢就是毛公鼎！」

當時他在故宮裡聽著各個青銅器自我介紹時，有道巨大的陰影緩緩籠罩他，所有青銅器頓時噤聲，他察覺不對勁回過頭去，艾四走上前的背影恰巧遮住了祂。

「艾院長，我也要去。」低沉有力的聲音貫穿整個展區。

艾四嘆了一口氣。「祢可是我們的鎮院之寶，怎麼能輕易外出？」

「去年翠玉白菜和肉形石都有到外地展覽出差，只要貼公告說明我去『出差』，找其他青銅器來代打就可以了。」

艾院長的手杖在地面上輕輕敲擊，像是思考的旋律。過了好一會兒，艾四才開口：「好吧，就讓祢『出差』。」

古飛揚還來不及看清楚這青銅器是什麼，對方就化成一道輕煙溜進多寶格中，在接下來的旅程也未現身。原本他還覺得這青銅器性格古怪又孤僻，沒想到祂竟然是貨真價實的鎮院之寶「毛公鼎」。

之前因為翠玉白菜到台中花博展覽，引起一陣旋風，老師趁機和他們分享一些關於故宮的知識。老師說遊客們喜歡看的翠玉白菜和肉形石並不是故宮的鎮院之寶，真正的鎮院之寶是毛公鼎。

傳說黃帝在戰勝蚩尤之後，曾鑄造三個鼎，象徵「天、地、人」；夏朝的開國君王大禹鑄造九個鼎，象徵代表中國的九州，從此鼎成為國家的象徵。在古代，鼎是鎮國之寶、傳國重器，一個國家的首都裡絕對要有鼎，定都或建立王朝稱為「定鼎」；前朝滅亡後，下一個朝代必須將鼎遷徙至自己的首都或者重新鑄鼎頒布法律，叫作「鼎革」；說話有信用的人就稱讚他「一言九鼎」。所以坐鎮在故宮博物院中的鼎，正是博物院的核心表徵。

老師還介紹了許多文物，但聲音到他這裡左耳進右耳出，他只想著上次和安親班去台中花博玩，排了一個半小時的隊伍去花蝶館看故宮文物，整個館裡真的只展出「一顆」翠玉白菜，沒有其他東西，出來後他和同學氣得要死，早知道就不去看了。

——沒想到老師說的鼎，如今就在他眼前，還和他說話聊天！

他緊張的看著毛公鼎，雖然毛公鼎比他想像中的還要小，大小有點像長了腳的火鍋——但這可是見證過許多傳說中神話人物的毛公鼎，他忽然能體會散氏盤剛才戰戰兢兢的心情了。

可是毛公鼎誤會了古飛揚的眼神，祂低沉有力的聲音裡摻了些心虛：「不好意思，這幾天我正舒服的補眠，不小心睡到昏天暗地。」

作為三〇一VIP展區的特級展覽品，其實毛公鼎也有自己的煩惱。「來故宮參觀的人數實在太多，遊客又喜歡對著我拍照，閃光燈從早閃到晚，晚上要閉眼睡覺時我都還有光害臆想症，怎麼都睡不好。這次進到多寶格中，一片黑暗的環境真是太適合睡眠了……」

古飛揚走上前摸摸毛公鼎。「祢辛苦了，也感謝祢最後出來救我們一把。」

得到了古飛揚肯定，毛公鼎重新挺起胸膛，用沉穩的語氣對散氏盤說：「同樣是青銅三寶，我和宗周鐘可以待在三〇一區，祢卻只能待在普通展區，心生不滿是難免的。如果祢願意回去，我會向艾四提議我們互換位置，讓祢住在三〇一區。」

「我才沒這麼小氣，我只是……」散氏盤停了一會兒，才說出心聲：「我只是覺得很不甘心，為什麼我們青銅器不再受人們喜愛，我想要人們把目光放回我們身上……」

「雖然青銅器已經從人類生活中淡出，但我們早已留下美麗的見證，為什麼不去適應現在的生活呢？」月光柔柔灑下，打在毛公鼎身上，鼎身散發出燦爛卻溫和的光采，這種自信的姿態讓人忍不住崇拜。

聽著散氏盤和毛公鼎的對話，古飛揚內心有說不出的感動，一滴、兩滴……當他用手抹著臉龐時，才發現眼淚已經灑落。

「散氏盤，我也和祢一樣。起初我不能接受爸媽離婚，竟然把我一個人丟在爺爺家，我做了許多讓家人擔心的事，可是我只是想引起大家的注意，讓他們能夠關心我。」古飛揚看著散氏盤，又看了看毛公鼎。「其實關心我的人一直都在身邊，只是我太任性，把這些關懷拒於門外。」

「你忽然這樣說，我有些不好意思……」散氏盤眼睛咕嚕嚕亂轉，祂可沒忘記自己把這少年耍得團團轉。對方沒罵祂，竟然還和祂說心裡話。「我也要和你道歉……」

「散氏盤，我可以抱抱祢嗎？」

古飛揚拋出的這句話讓散氏盤愣了愣，還來不及反應就得到一個大大的擁抱。

「我乃國之重器，怎麼能和人類摟摟抱抱……」但人類的懷抱的確很有溫度，散氏盤放弱了聲音。「好吧，偶爾抱一下還可以，但不能抱太久喔。」

抱著散氏盤的古飛揚，忍不住打了個噴嚏，此時一件上衣覆在身上，他驚訝的抬起頭。「爺爺，你怎麼把長袖上衣脫掉了？」

半夜的魚塭旁有陣陣寒風吹襲，更何況剛才爺爺有半邊身子也泡了水，現在這樣不是更冷嗎？

「爺爺沒關係，可是你快感冒了。」和往常一樣，爺爺依舊站得直挺挺的，就算面臨方才千鈞一髮的狀況，臉上神色也未有絲毫改變。

但下一刻——

「你是小梧嗎？我們有幾十年沒見了吧！快來抱抱我。」犧尊歡快的跑去爺爺腳下撒嬌，短尾搖得都快飛上天。

「我先、我先！」鋬獸「游」了過去，搶先霸占爺爺的手掌。

就連最穩重成熟的毛公鼎，也悄悄移動自己的身軀。「我也想……」

圍繞在身邊的青銅器們吱吱喳喳，不斷說著這些年來發生的事，只見爺爺如刀削般平直的嘴角微微向上揚起，嚴肅的表情逐漸融化成溫暖的春水，微笑如漣漪般綻放，咚的一聲，也敲進了古飛揚心底。

原來爺爺的愛就和青銅器一樣，看起來硬邦邦的一點也不討喜，但也有著最堅實的內在。只要你能觸摸到他的內心，就會發現那是永恆且不更改的愛。

撫摸著趴在肩頭的鳥首獸尊，爺爺濡溼的白襯衫下饕餮紋若隱若現，還隱隱閃耀著光芒。「走吧，我們先回去換衣服。」

古飛揚撿起自己的側背包，跑上前去牽住爺爺的手。「爺爺，你怎麼知道要來這裡找我？」

「我打電話給老石想詢問你的狀況，老石告訴我你還沒回來，撥手機給你你也沒接，我隨即決定坐高鐵南下。剛出車站不久，就看見轆轤燈投射在夜空中的光芒，又在路上聽見戰國繩紋鉦的聲音，才找到你們。」

古飛揚環視周遭大小不一的夥伴，他如今知道，祂們身上金燦燦的光不是貴氣的表徵，而是因信任所產生的燦爛光輝。

看著古飛揚，爺爺又恢復原本不苟言笑的神色。「不過下次不要再做這麼危險的事了。」

爺爺其實沒有生氣呢！明白這點的古飛揚，開心的大喊：「是！」

「他真的表現得很好呢。」轆轤燈靠在爺爺的肩膀上，輕聲的說著。

古文梧認可的點了頭。「我的孫子，當然不錯。」

13 回家

告別了石爺爺，回程往台北的高鐵列車上，古飛揚緊緊和爺爺挨在一起，他才不管什麼男孩子要耍酷要堅強，總之他要一直牽著爺爺的手才行。

聽著青銅器們七嘴八舌聊起當年風光，古飛揚也聽到爺爺年輕時的故事。原來年輕時的爺爺真的是位「將軍」，只是他不是在戰場上殺敵建功，而是在故宮中保護青銅器們不受損傷，並且多次讓文物免於盜賊之手。雖然沒有封號也沒有錦旗，但他的光榮事蹟早烙印在這些青銅器的心中。

雖然聽得很高興，古飛揚卻沒有忘記，自己還要開口說一件事情。

「爺爺，我……我這幾天一直很想打電話給你。」古飛揚鼓起勇氣，抬起頭來堅定的說：「爺爺，對不起。」

「我曾經覺得自己為什麼和別人不一樣？為什麼爸爸媽媽會離婚，爺爺又這麼凶，我好羨慕別人有個溫暖歡樂的家庭。可是我現在知道了，我擁有的愛不一定和別人一樣，可是那就是愛，而且它一直在我身邊。」

會講故事給他聽的爺爺、會為他買棉花糖的爺爺、總是板著一張臉的爺爺、每天嚴格督促他的爺爺，這些一點一滴都構成他最愛的爺爺！

「還有，小時候我曾經闖進你的書房，摔壞了一個青銅杯子，我好希望祂能夠平安無事。」

「有三隻腳的杯子叫作爵，那是用來喝酒的器具。」一直聽著古飛揚說話的爺爺，將另一隻手覆在兩人相牽的手上。「祂並沒有怪你，祂說那天也是祂自己不小心，想要和你玩，就把自己多移出來了一點。」

古飛揚咬著下脣，片刻後才蹦出一句。「回家後，我想再去爺爺的書房，我要親自和祂說對不起。」

「爺爺你的腳好了嗎？」

「還有，我還想聽爺爺講故事，這次換我帶爺爺出去玩……」

下公車後接近故宮本館，古飛揚摸了摸自己的側背包，才發現一絲不太一樣的地方。「青銅器們怎麼這麼安靜？」

「故宮的龍氣可以安養祂們的心神，離開故宮太久會耗費青銅器的心力。」古文梧抬頭深深的看了一眼，眼睛裡閃耀著點點碎光。

「而且，遊子也想家了。」

當古飛揚和爺爺將多寶格成功送回故宮中，艾院長握著他們兩人的手，臉上才露出鬆一口氣的笑容。「青銅器們，歡迎回家。」

「艾爺爺，我可以再來看祂們嗎？」古飛揚期待的問。

艾四高興的揮動手杖，地面上多出了好幾個印章。「隨時歡迎。」

而古家祖孫也從艾院長處收到這趟「出差」的慰勞品——可以在故宮博物院四樓的「三希堂」餐廳，免費享用一頓中式料理吃到飽大餐。

離開前，他們也不忘去故宮地下一樓的紀念品商店搜括一堆東西回家，古飛揚特地買了一個「毛公鼎領帶夾」送給爺爺。

牽著爺爺的手一起回家時，還沒打開大門，一道身影就從門內衝了出來，用雙臂將人緊緊箍住。

「古飛揚你去哪裡了！為什麼都不接我電話？你知道手機一直打不通時我有多著急？什麼都沒有管，買了機票就直接飛回來！」

被爸爸摟在懷裡的古飛揚，聽見那一顆心臟怦怦跳著，速度快得像要跳破胸膛。爸爸竟然為了他提早回國，國外那邊的工作沒關係嗎？

「我……」古飛揚想起在漁塭旁摔壞的手機，這是沒有接爸爸電話的最佳理由，但他心裡清楚事實不是這樣的。「爸爸對不起，我不應該和你鬧脾氣。我這幾天將你的電話號碼拉進了黑名單裡，害你找不到我，等下我會把電話號碼改回來。」

他向來嘴硬的兒子竟然會道歉！古至洋驚愕的鬆開懷抱，想再確認一下，眼前這個神態真誠的少年，真的是自己倔強固執的兒子嗎？

「以後你的電話我一定會接，我也答應了爺爺，有什麼大事一定會和家人溝通，過去我們三個臭男人的脾氣都太臭了。」雖然他還是個男孩，但今天就稍微裝一下大人吧！

古至洋摸摸兒子的頭，他覺得自己的兒子似乎不太一樣了。「你們這幾天是去找散氏盤嗎？」

古飛揚訝異的問：「爸你怎麼知道？」

古至洋轉頭看向古文梧，忽然彎腰鞠躬。「爸，對不起。」

古文梧如一尊銅像般分毫未動，臉上神情卻出現了一絲變化。

「其實我一直知道，您能和青銅器對話，可是我卻為了自己的面子和我的自私，要您辭掉在故宮的工作，不要再去管那些東西。我做錯了，對不起。」

「至洋，我們現在在煮的爌肉，長得很像故宮裡那塊東坡肉哦！」

「哇，是真的嗎？等下我的肉裡面不能加白菜，因為白菜和肉會吵架，而且白菜都會欺負肉。」

「偷偷告訴你，其實肉形石有次差點和白菜鬧分家。等到你再長大一點，適合去故宮看肉形石的時候不能和祂說，知道嗎？」

「拜託拜託，我要聽這故事！」

「翠玉白菜很吵很吵，這是全故宮皆知的事。事情就發生在某次翠玉白菜連續尖叫三天三夜之後，肉形石覺得自己已經抵抗不了這股魔音穿耳，要求不要再和翠玉白菜住在一塊兒。肉形石是全館唯一能容忍翠玉白菜的文物，翠玉白菜當然不答應要更換同伴，肉形石聽到白菜的回答怒髮衝冠，祂生氣之下往甗（ㄧㄢˇ）裡頭跳進去……」

「那個甗就是父親您之前說過的煮飯鍋嗎？」

「是啊。肉形石跳進去後，大喊既然翠玉白菜離不開祂，那就把自己和翠玉白菜一併煮成酸菜白肉鍋，大不了魚死網破——肉熟菜熟。」

「小白菜一定嚇昏了！」

「從那次之後，翠玉白菜就收斂些許，肉形石才願意繼續和祂比鄰而居。不過如果有人提到酸菜白肉鍋，翠玉白菜就會以尖叫試圖抹煞這段回憶，不幸的是提到酸菜白肉鍋的遊客還是很多……」

兒時的他最喜歡聽父親講述故宮趣聞，這一切又是從何時開始變了樣？

古至洋還記得那次和父親的大吵。年輕氣盛的他，相信科學就是真理，一切未經科學證實的東西都是虛假的，自己身處的社會裡就是有太多人充滿迂腐的觀念、沉迷迷信，整個國家才會停滯不前。

「我和你說過多少次？青銅器不會說話，它們只是金屬冶煉出來的產物，唯一的價值就是歷史考據，你為什麼每天要和它們說話？來家裡玩的同學都看到了，我覺得好丟臉！

「現代社會講究的是經濟、是科技，我大學讀的也是這方面的知識，整天和古董為伍能賺多少錢？你還要我去刻個紋身在身上？你知道現在去紋身的都是地痞流氓嗎！

「你知道小如昨天和我大吵一架嗎？她覺得你很奇怪、很可怕，就是你害我們吵到要離婚！

「我要到國外看看，我忍受不了再待在這裡了，有能力的話我想帶著飛揚移民。」

那個時候他總以為自己夠聰明，讀了這麼多書、可以到國外工作、有了令人稱羨的地位，父親那一套已經退流行了。可是後來他才發現，社會地位高、錢賺得多，並不能代表什麼，他只有疏遠的親子關係和破碎的婚姻，就連兒子也不喜歡接他的電話。

這一次，不論是撥手機或者是父親家裡，都沒有一個人接起電話，他才真正感到慌張，難道親人出事了嗎？

——幸好還來得及，幸好回家時還能擁抱他們。

古至洋決定，他要拾起曾經丟失的一切，從現在起從頭開始努力！

看著情緒激動的爸爸，古飛揚發現自己找到關鍵了——

「你是小梧的孫子？」

「小梧很盡忠職守。」

「他這麼喜歡我們，怎麼可能對我們不聞不問？」

青銅器們和他說過的話在腦海中一一閃現，加上一幅幅的童年回憶，那些散落的珍珠頓時串成一條清楚的線——原來爺爺的「那件事情」，指的是這個！

「所以爺爺你是因為答應了爸爸，才不去看你最喜歡的青銅器嗎？」

只有瑟瑟的冷風迎面拂過，代替了沉默的回答。爺爺就是這樣，就算有百斤重的石頭壓在他的肩膀上，他一定連吭都不吭一聲。這樣的爺爺卻舉起手掌，拍上兒子的肩膀。「回家了，至洋。我們可以吃一頓遲來的年夜飯。」

冷風吹在身上，卻一點也不覺得寒冷。方才還打著噴嚏的古飛揚，現在只覺得自己的一顆心在發燙，這真是一個最溫暖的冬天。

14
再見老朋友

「爸，你看，我們過了『天下為公』的牌樓就到故宮了。」

星期假日，故宮博物院依舊擠滿人潮，在人潮中的一組旅客並不特別顯眼。但仔細看，背著側背包的少年神情飛揚、高興的比手劃腳，走在後頭的中年男子顯得有些不知所措，筆挺的西裝下露出幾分慌張，而跟著的老人家領上別著「毛公鼎領帶夾」，一副神色自若的模樣，彷彿已經來過幾百回了。

「等下進去故宮本館，到了三樓就可以看見青銅器們，可是……」古飛揚癟下嘴來，露出幾分不安。「我的紋身貼紙早就被水洗掉了，現在沒有紋身，我會不會就聽不見祂們說話了？」

「你進去後就知道。」

哎，爺爺還是這麼酷，竟然這樣回答他的問題。

懷抱著不安的心情，古飛揚已經打定主意，如果聽不到青銅器說

話，他就再和艾爺爺要一張紋身貼紙。不，一張不夠，他要一堆！

不同於其他遊客滑著手機、或是導遊匆匆帶領趕火車似的參觀展區，從踏進故宮後，古飛揚就抬起頭，決定用雙眼好好去看這些上百年甚至上千年的古文物。他要去感受祂們的生命，而不是只走馬看花或者隨意拍幾張照片，也許這文物身上的一道線條、一處花紋，都有說不盡的故事。

沿著樓梯上了三樓，才走到一半就聽見一陣穿破故宮屋頂的尖叫聲——

「啊啊啊啊啊啊啊！我的右臉比左臉好看，你們多拍我的右臉啊！」

古飛揚揉了揉右耳，他的耳朵不會有事吧？「這顆尖叫小白菜真的威力驚人。」

「翠玉白菜還是一樣活力充沛。」不愧是爺爺，聽到這種淒厲慘叫還能夠鎮定的點頭。

經過三〇一展區時，古飛揚看見正在玻璃櫥櫃內閉目養神的毛公鼎，遊客像沙丁魚一樣擠進去又擠出來，匆匆拍了照片就被帶往下一個展區。

到了「銅器特設展」展區，人潮比起上次明顯增多，看來多虧了前陣子散氏盤失蹤的新聞，大家開始重視這些國寶的價值，也讓不少人想一睹故宮珍藏的廬山真面目。

但和大多數的遊客不同，古飛揚這次是來見自己的「老」朋友，還沒進入展區，表情已是掩不住的興奮。

古飛揚深吸一口氣，才剛踏進區域內，排山倒海的歡呼聲如海嘯

般傳出——

「小揚小揚你是來看我的嗎？」

「選我、選我、我要出去玩！」

「這是小梧嗎？這是小梧對吧！」

古飛揚揮揮手和眼前的青銅器們打招呼，一一向古至洋介紹。

「爸這是『鉤連乳丁紋羊首罍』，罍是用來裝酒的大酒瓶，再由這個大酒瓶分裝到其他小酒瓶裡。羊首罍還會釀酒和製造美酒噴泉，不過我未成年所以沒有喝……」

古至洋看不見青銅器們的表情，不過他認真聽著兒子的講解；古

文梧則安靜跟在背後，但他所到之處，都掀起青銅器的歡呼尖叫。

「等等，走在小梧前面的是小梧的兒子對吧？我覺得我好像見過

這個人？」眼力優異的散氏盤忽然拋出這句話，在青銅器之間引起一

陣討論。

「散氏盤祢會不會記錯人？」

「該不會是祢在烤肉店打工時遇到的吧？」

「在烤肉店打工好玩嗎？上上下下左左右右說祢全身被薰得烏漆墨黑的。」

——「散氏盤說的是真的！我也看過這個人！」

戰國繩紋鉦高昂的語調壓過所有的討論聲，祂擺動著自己的身子。

「我是樂器，對於聲頻特別敏感，這個人的聲音我的確聽過。」

「這麼一說，我也覺得這個人有點面熟。」鳥首獸尊晃著自己的腦袋瓜，像是要進行多角度的確認。

「我想起來他是誰了！」散氏盤大吼一聲，連玻璃櫥窗也因此微微顫抖，還以為是哪個頑皮鬼將櫥窗搖了一下。「你們記不記得下午時，偶爾會有個遊客來看我們，站在玻璃前面對我們自言自語好久？」

「他不是喜歡本尊？他每次看著本尊都看到入迷，還會對著本尊說：『父親似乎比較喜歡你們，有時候我好羨慕你們擁有父親這麼多的時間，說不定你們比我更了解父親。我以前也希望父親能常常陪在我身邊。』」犧尊哼哼兩聲，努力站直身軀擺出最優美的姿態。「這是當然的，我這麼可愛，來參觀的遊客還會誇我萌。」

「所以他對我說討厭我，是因為我長得比較醜嗎？」獬獸可不服氣了，用力甩動自己的尾巴。這個遊客常常來此對他傾倒負面情緒，例如他工作上的不愉快、最近又和兒子吵了一架……，總是說這些就算了，說完以後還會瞪祂一眼，補上一句「所以我最討厭青銅器了」，每次聽到這句祂都想磨尖利牙咬人，連上上下下左左右右也異口同聲的大喊「咬他！咬他！」

「他其實是在試著和我們對話。」轆轤燈打開盒子，微微露出一道光芒。「他想從我們這裡得到回應，因為他也想更了解自己的家人吧。」

聽到「古海明燈」的開釋，古飛揚才想到——

爸爸每次來台北接他時，明明早上就出發，但晚上才到爺爺家，那段消失的下午時間他是不是偷偷跑來故宮？

爸爸果然是古家人啊！和他還有爺爺一樣，早就喜歡上青銅器了。

當然，古至洋還不知道自己的祕密已被揭穿，只是一路上微微臉紅著。如果這些青銅器真的會說話，那他以前對著祂們說的那些事，父親和飛揚會不會知道？「飛揚，你說的那個紋身貼紙還有嗎？是不是貼上去就能聽見青銅器的聲音？我也想聽聽祂們會說什麼……」

聽到爸爸這麼說，古飛揚連忙舉高了手。「爸你放心！青銅器們真的沒有說你常常跑來這裡看祂們！」

直到閉館時間，祖孫三人才離開故宮。

「爺爺，我們古家為什麼會被選為青銅器的守護者？該不會是我們的家族一直以來都有什麼特殊能力吧？」漫畫和動畫看多了，加上這次的冒險，古飛揚還真覺得自己和別人有點不一樣呢！

「並沒有什麼祕訣。」古文梧的眼神一一掃過這些他曾細心照顧的青銅器，祂們還在熱情的吶喊告別。「我們古家特別的地方，就是善於傾聽而已。」

「只要你懂得傾聽，就會看見；看見之後，就會珍惜。」

古飛揚在心底默默咀嚼爺爺的話，回憶起這段日子發生的點滴。

兩隻手分別牽住爸爸和爺爺，他也要成為懂得傾聽和看見的人，對於自己所愛的世界，付出全力呵護珍惜。

「『老』朋友，謝謝祢們，我們很快就會再相見。」

散氏盤：盤腹內有中國最早的田界契約，
是研究歷史和書法的重要依據。

毛公鼎：鼎腹的金文字數是目前發現的青銅器中最
多者，也是西周散文和書法的代表作。

鳥首獸尊：鳥首獸身，可以扭開鳥首倒入酒，蓋上後由鳥喙倒出。

犧尊：犧的背上有小圓蓋，由蓋口注入酒，向前傾倒時，酒就會從嘴巴流出。

戰國繩紋鉦：繩紋是銅器紋飾的其中一類；鉦是古代軍隊中的樂器，用來調整或停止步伐。

鉤連乳丁紋羊首罍：罍是大型的酒器，也是祭祀時的禮器。

轆轤燈：這是專為旅行設計的燈，在翻起的淺盤內放上燈芯點亮，器腹內可以貯放燈油，而器身兩端還有小環，可以繫繩提攜。

人足獸鋬匜：以人作為器足的青銅器十分少見，據說此匜是戰敗國家所呈獻的禮物，底下四個人就是可憐的奴隸了。

翠玉白菜：
是清代妃子的嫁妝，故宮所收藏的不只一顆，但常設展示於三〇二展間的翠玉白菜是最漂亮的那顆。

肉形石：
天然瑪瑙石加上工匠巧手，成就了這塊看上去鮮嫩多汁的東坡肉，讓人忍不住想一嘗美味。

圖片來源：國立故宮博物院

故宮嬉遊記：古物飛揚

國家圖書館出版品預行編目 (CIP) 資料

故宮嬉遊記：古物飛揚 / 李郁棻著 ; 許育榮圖 . -- 初版 . --
臺北市 : 九歌 , 2019.11
面 ; 公分 . -- (九歌少兒書房 ; 274)
ISBN 978-986-450-263-9(平裝)

863.59 108016696

作　　者 —— 李郁棻
繪　　者 —— 許育榮
責任編輯 —— 鍾欣純
附錄圖片來源 —— 國立故宮博物院
創 辦 人 —— 蔡文甫
發 行 人 —— 蔡澤玉
出　　版 —— 九歌出版社有限公司
台北市 105 八德路 3 段 12 巷 57 弄 40 號
電話／02-25776564・傳真／02-25789205
郵政劃撥／0112295-1

九歌文學網　www.chiuko.com.tw

印　　刷 —— 晨捷印製印刷股份有限公司
法律顧問 —— 龍躍天律師 ・ 蕭雄淋律師 ・ 董安丹律師
初　　版 —— 2019 年 11 月
初版 3 印 —— 2021 年 8 月
定　　價 —— 260 元
書　　號 —— 0170269
I S B N —— 978-986-450-263-9